賛美せよ、と成功は言った

石持浅海

祥伝社文庫

目次

第一章　再会

「謙信《けんしん》じゃんか」

　控え室に入るなり、わたしを呼ぶ声がした。懐《なつ》かしい呼び名。声のした方に顔を向けると、すらりとした女性が手を振っているのが見えた。佐々《さ さ》温子《あつこ》だ。いや、今は安《やす》江《え》温子か。

「サッサ」

　高校時代のニックネームで呼び返す。「ひさしぶり」

　わたし——武田《たけだ》小春《こはる》は、隣の椅子《いす》に座った。「来られたんだ」

「おうよ」温子が切れ味鋭《するど》い笑みを向けてきた。「ショージの晴れ舞台だからな。何を措《お》いても来なきゃ」

「子供は？」

「旦那《だんな》が見てる。たまには、働いてもらわないと」

「お子さんは、もう小学生だっけ」

　年賀状の写真を思い出しながら言った。確か、家族三人で沖縄旅行したときの写真を使っていたはずだ。

「うん。二年」

「さすが院生で結婚すると、子供の成長も早いねえ」

温子は渋面《じゅうめん》を作った。「おかげで、PTAじゃ大変だけどね」

子供のいない身では、意味がわからない科白《せりふ》だ。「っていうと？」

「親の中では若い方だからさ。なんやかんやで雑用をやらされるんだよ。この前も、運動会の写真係を押しつけられた。こっちは、平日は働いてるのにさ」

温子は大学院生時代に、交際していた幼なじみと結婚した。次の年には子供が生まれて――いや、子供ができたから結婚したんだっけ――、今は子育てしながら大学の助教をやっている。別に専業主婦が暇《ひま》なわけではないだろうけれど、文句を言いたい気持ちも、わからないではない。

「おや、謙信だ」

聞き覚えのある声が響いた。顔を上げると、柿本千早《かきもとちはや》が傍《そば》に来ていた。オレンジジュースのグラスを持っている。すぐ後ろに平塚真菜《ひらつかまな》――今は赤城《あかぎ》真菜も立っている。

「カッキー」これまた高校時代のニックネームで呼ぶ。ひさしぶりとは言わない。千早とは、ついこの間電話で話したばかりだ。「来られたんだ」

温子のときと同じ科白だけれど、意味合いは少し違う。「〆切は、大丈夫なの？」

「大丈夫。ゆうべ、必死で仕上げてきた。おかげで、眠くてさ」

言うなり、大あくびした。

千早は現役のマンガ家だ。医学部に在籍しているマンガ家として、デビュー当時から話題になった。医療業界を舞台にしたシリアスものから、女子高生がじゃれ合うゆるい四コマ漫画まで、その作風は幅広い。そのため、業界で重宝されていると聞く。去年、作品が深夜アニメ化もされた売れっ子だ。

「披露宴《ひろうえん》の最中に寝ないでよ」

「寝てたら、起こしてね」

「シャンペンを頭からかけてやるよ」

温子が言い、みんなで笑った。

「ひらひらは、子供は？」

今度は真菜に話しかけた。ひらひらとは、旧姓の平塚からついたニックネームだ。温子のサッサと同じく、今は結婚して姓が変わっているから通用しないわけだけれど、今さら「赤城さん」とも呼べない。

真菜は困ったような顔をした。

「親が見てくれてる。旦那が、急に休日出勤することになっちゃって」

「ありゃりゃ。そりゃ大変だ」

真菜は理系の大学を出て、化学メーカーに就職した。そこで先輩社員と社内結婚して、今は子供を育てながら時短勤務で働いている。理系女子の、典型的なパターンだ。わたしは同じパターンの友人をもう一人思い出した。

「大學《だいがく》は？　来ないのかな」

「来ないと思うよ」高校生時代、大學こと堀口久美《ほりぐちくみ》と仲のよかった真菜が答える。

「二人目が生まれたのが先月だから、さすがに来られないでしょ」

「そうなんだ」

輪を作っているのは、私立碩徳横浜《せきとくよこはま》高校の卒業生たちだ。懐かしい面々が再結集した理由は、同級生だった東海林奈美絵《しょうじなみえ》の結婚式に呼ばれたから。

「それにしても、ショージもようやくか」

感慨深そうに、温子が言った。千早も目を細める。

「仲間うちじゃ、いちばん最初に結婚すると思ってたのに。まさか今日まで引っ張るとはね」

奈美絵は高校三年生の頃、東大生と交際していた。彼氏を追いかける形で東京大学に合格したのに、入学したら即行で別れてしまった。その後どのような恋愛遍歴があったのかは知らないけれど、三十四歳の今になって、ようやく落ち着く決心をしたようだ。

真菜は周囲の参列者に気を遣《つか》うように、そっと控え室を見回した。

「相手は、どんな人なの？」

わたしもそっと出席者たちを見た。控え室にいる同世代の男性は、ほぼ新郎側の関係者だ。彼らの雰囲気から、新郎がどういった人間か想像しようとしたのだ。みんな礼服やスーツを着ているのは当然として、頭髪を過度に染めていたり耳に派手なピアスをしている人はいない。聞こえてくる知り合い同士の雑談も、粗野な口調ではなかった。いや、むしろ上品な印象を受ける。

「わたしが聞いてるのは、大学のサークルの後輩だってこと」

温子が答える。彼女は高校時代から情報通だった。卒業して母親になっても、それは変わらないようだ。

「大学のサークルってことは、東大か」

「そう。ショージが言うには、お坊ちゃんらしい。麻布《あざぶ》だか芝《しば》だかから東大にストレート合格して、卒業後は大手商社で働いている。三年ほどシンガポールに駐在して、帰国祝いの宴会で再会したのが、きっかけなんだって」

麻布も芝も、東京の有名私立中高一貫校だ。経歴を聞くかぎりでは、確かにお坊ちゃんの匂《にお》いがする。出席者の同僚や友人たちが落ち着いた雰囲気なのにも納得がいった。

　とはいえ、履歴書では奈美絵も負けていない。碩徳横浜高校というお嬢様進学校から、東京大学にストレート合格した。大学院で博士《はかせ》号を取って、今は民間のシンクタンクで働いている。経歴を文字に書き起こせば、絵に描いたようなエリート夫婦だ。まあ、現物の奈美絵がセレブリティかどうかは、議論の余地があるかもしれないけれど。

「どれどれ」

　真菜が席次表を開いた。席次表には、出席者の名前に勤務先と肩書きが添えられていることがある。それを確認するためだろう。結婚して子供も生まれているのに男の品定めもないのだけれど、女の性《さが》といっていい行動かもしれない。浮気が男の本能だというのなら、男同士を競わせてより優秀な方になびくのは、女の本能なのだ。

　そういえば、控え室に入ってすぐに声をかけられたから、席次表をまだ見ていなかった。自分の席くらい、確認しておこう。

　席次表では、テーブルを円で表現している。円を取り囲むように出席者の名前が書いてあるから、どのテーブルに座ればいいのかが、わかりやすい。テーブルは全部で十八あった。それぞれのテーブルに六、七人の名前が書いてあるから、総勢百二十名程度が出席しているようだ。

出席者の所属が書かれているのは、センター付近の客に集中している。みんな、新郎新婦が勤務している会社だ。主賓《しゅひん》らしき席の肩書きはどちらも部長になっている。合わせたのかもしれない。片方の主賓が社長で、もう片方が係長だったら、バランスが取れない。

自分の名前は、ひな壇《だん》から見て左側の端に書かれていた。温子たちの名前も同じテーブルにあるから、高校生時代の友人をひとつにまとめたのだろう。肩書きも勤務先ではなく「新婦高校時代ご友人」となっている。

――えっ？

どきりとした。席次表に、知っている名前を見つけたからだ。

『碓氷優佳《うすいゆか》』

高校卒業以来目にすることのなかった名前が、席次表に書かれてある。それもわたしの名前の下、つまり隣の席に。彼女も、式に出席するのか。

考えてみれば、当然の話だ。わたしと奈美絵は、入学してから最初に優佳と仲良くなった。結婚式にわたしを呼ぶ以上、優佳にも声をかけないわけがない。そして奈美絵が席次を考えるとき、わたしの隣に配置するのも納得がいく。高校生時代、わたしと優佳はいつもつるんでいたからだ。

そう。高校生時代は。

「おや。うすうすが来るのか。珍《めずら》しい」

同じように席次表を眺《なが》めていた温子が言った。うすうすとは、姓の碓氷から名付けられた、安直なニックネームだ。

「ひなさまの名前はないね。来ないのかな」

温子のつぶやきに、千早が答える。

「そりゃあ、ね。アメリカにいるんだから。いくら友だちでも、結婚式のためだけに、わざわざボストンから横浜まで来ないでしょ」

「あっ、そうなんだ」

ひなさまこと岬《みさき》ひなのは、在学中ずっと学年トップを維持していた学級委員長だ。一浪の後、京都大学に進学して、そこからアメリカ留学を果たした。そしてそのままアメリカに居着いている。そんな彼女の現況を、事情通の温子は知らなかったらしい。千早がうなずく。

「そう。日本より研究環境がいいから、戻るつもりはないって言って――」

言い終える直前に、千早の視線が動いた。わたしの背後に向けられたのだ。

「うすうすだ」

反射的に振り返る。そこには、色白の女性が立っていた。間違いない。優佳だ。

長かった黒髪は、肩に少し届かない程度に切りそろえられている。太ってはいないけれど、高校生当時よりも胸と腰に肉がついているだろうか。日本人形のように端整《たんせい》な顔だちは、相変わらずだ。いや、成長して美しさに凄《すご》みが増している。

席次表を手にした優佳が、こちらに近づいてきた。

「よおっ」

わたしが反応する前に、温子が立ち上がって、一歩前に踏み出した。優佳が目を細める。「サッサ」

「すっごい、ひさしぶりじゃんか。いったい、何やってたんだよ」

拳《こぶし》で優佳の胸を突く真似《まね》をする。

「ごめん、ごめん」

優佳が申し訳なさそうながら、嬉《うれ》しそうな顔をした。連絡していなかった不義理を詫《わ》びながら、再会できた喜びを表現している。この場に最もふさわしい表情。

「大学院のときに、二年くらいハワイ大学に留学してたからね。そんなのが挟まったから、なんとなく連絡しなくなっちゃった」

そして千早に視線を移す。

「カッキー。新刊読んだよ。面白かった」

千早が頰《ほお》に手を当てた。「あら、ありがと」

「夢を叶《かな》えたんだね」

「まあね。うすうすは？」

「夢ってほどじゃないけど」優佳は右手の人差し指で頰を搔《か》いた。「きちんと火山の研究をやってるよ」

「そっか。ハワイ大学だもんね」

ハワイには活動が活発な火山がある。そこの大学に留学したということは、優佳は高校時代に目標としていた火山学者の道を、順調に歩んでいるということだろう——

千早はそう続けた。さすがマンガ家。知識が幅広い。

「で、ぶしつけなこと訊《き》いていい？」

「何？」

千早が席次表を開いた。

「わたしは婿を取ったから柿本のままなんだけど、うすうすも碓氷のままじゃんか」

まだ結婚していないのか、という質問だ。確かに、ぶしつけだ。

「ああ、それ」

優佳は左手を目の高さに上げた。薬指を見せる。薬指には、結婚指輪が光っていた。

「なんとか、結婚にこぎ着けたよ。でも名字を変えるといろいろ面倒だから、戸籍上の名前が必要なとき以外は、旧姓で通してるんだ」

「それは、わかる」やはり大学に籍を置いている温子がうなずいた。「姓を変えると、前に出した論文と同じ人間が書いたかどうか、わからなくなるからな」

優佳が席次表に視線を落とした。温子の姓を確認したのだろう。

「サッサはどうしてるの？」

「わたしゃ、旧姓と新姓を併記してる。Atsuko Sasa-Yasue って感じ」

「なるほど。そのパターンは、たまに見るね」

優佳がまた席次表に視線を落とした。

「ところで、小春の名字が武田になってるんだけど――」

優佳はわたしを見てにやりとした。「川中島《かわなかじま》で、上杉《うえすぎ》は武田に負けたんだっけ？」

わたしは大げさに頭を抱えた。

「それ、結婚してから百万回くらい言われた」

上杉姓だったわたしは、大学院を出て現在の研究所に就職してから、武田姓の男性と結婚した。上杉から武田に姓が変わったというのは、日本人にとっては、わかりやすいネタだったようだ。ことあるごとに、からかわれている。

優佳は鈴が鳴るように笑った。

「まあ、それはそれとして。ずっと連絡しなかったのは、本当に悪かった」

本音では、優佳の方から連絡してこなかったのはありがたかった。でもこの場でそんなことを言うわけにはいかない。「いやいや」と曖昧《あいまい》に手を振るだけで精一杯だ。

「うちの代は同窓会もあんまりやってないからね。年賀状以外の交流は、うすうすに限らず、ほとんどないよ」

真菜が言うと、温子が頭を掻いた。「申し訳ない」

同窓会のようなイベントは、地元に残った仕切り屋が企画して、それにみんなが乗る形で開催されることが多い。わたしたちの代の特進理系クラスでは、本来なら温子がそれに当たるだろう。本人も自覚があったようだ。しかし温子は大学院時代に結婚して子供ができたから、同窓会どころではなくなってしまった。学級委員長だったひなのも、京都を経由して今はアメリカにいるから、こちらも同窓会の幹事には向かない。結果として、なんとなくみんな疎遠《そえん》になってしまった。三十二人のクラスメイトの中には、実家も引っ越してしまって、連絡を取ろうにも取りようのない人間もいる。別に、優佳だけが音信不通になったわけではない。

「大丈夫、だいじょうぶ」

千早が温子の肩を叩《たた》いた。

「少人数とはいえ、こうして再会できたんだから、いいとしよう。ショージに感謝しなきゃね――ああ、そうだ」

千早が何かを思いついたような顔をした。優佳に顔を向ける。

「うすうすってば、トーエンを憶《おぼ》えてる？」

「トーエン？」ほんのわずかの間、宙《ちゅう》を睨《にら》んだ。「ああ、予備校で真鍋《まなべ》先生に教わった人たちのことね。憶えてる。というか、思い出した」

碩徳横浜高校の特進クラスとはいえ、学校の勉強だけでは、志望校合格はおぼつかない。だからいわゆる難関大学を目指している生徒たちは、放課後や週末に、予備校に通っていた。

わたしと優佳が通っていたのは、湾岸《わんがん》ゼミナールという、横浜駅近くの予備校だった。途中から医学部コースと難関大学コースに分かれてしまったけれど、代わりに医学部コースに千早が入ってきた。だからこの三人は、予備校を共通の話題にできる。

湾岸ゼミナールには、真鍋宏典《ひろのり》という数学講師がいた。白髪《しらが》頭をオーケストラの指揮者のように振り乱して講義する姿は、今でも鮮明《せんめい》に思い出せる。その真鍋先生を特に慕《した》っていた生徒たちが、自然に仲良くなってグループを作った。わたしや優佳、千早もその一員であり、自分たちのことをトーエンと呼んでいた。

「そう、そのトーエン。それでさ、うすうすは海の日の前の週末は空《あ》いてる？」

「海の日の前？」

海の日は、七月の第三月曜日だ。今年は二十一日。その前の週末だから、七月十二日と十三日ということになる。

優佳がスマートフォンを取り出した。ロック画面を解除して、スケジュール表を確認する。

「今のところ、空いてるね。旦那もアメリカ出張が入ってるし」

「ラッキー」

千早の目が三日月《みかづき》になった。

「その日にね、トーエンの同窓会をやることになったんだ。一泊旅行なんだけど、うすうすも、来ない？」

どきりとした。千早が言う同窓会には、わたしと千早も参加することになっている。先日千早と電話したのは、その打ち合わせをするためだった。千早は、優佳も誘おうというのか。

「同窓会」優佳の目が楽しげに細められた。「予備校のみんなが集まるんだ。懐かしいな。高校卒業以来、会ってないよ。でも、どうして突然？」

「実は、突然でもない。うすうすは来てなかったけど、ときどきはやってるんだよ」

「ありゃ、そうなんだ」優佳が天を仰《あお》いだ。「不義理のツケが、こんなところにきてる」

予備校のつき合いなんて、普通は大学に合格してしまえば自然消滅するものだ。高校のクラスメイトすら疎遠になっているくらいだし。けれどわたしたちは、奇跡的に縁が続いている。なぜなら、地元に残った仕切り屋がいるからだ。広川中《ひろかわあたる》という、生粋《きっすい》の横浜っ子。横浜市内の中高一貫校から横浜国立大学に進学して、今は父親が経営する地元企業で働いているのだから、徹底している。彼が頻繁《ひんぱん》にイベントを企画してくれるのだ。

今回の同窓会も、広川が幹事をやっている。精力的な広川のことだ。連絡がつくメンバーには片っ端《かたっぱし》から案内をかけたのだろうけれど、優佳の連絡先はわからなかったようだ。

「今回の目的は、お祝い。トーエンに、湯村《ゆむら》くんってのがいたの、憶えてる？」

「湯村くん」優佳がわずかに目を見開いた。「いたね。目元が優しい湯村くん」

垂《た》れ目とは言わずに表現を丸めるところが、優佳らしい。

「湯村くんが、お祝いされるようなことになったの？」

周囲を見回す。そういえば、結婚式もお祝いされるようなことだ。千早がぱたぱたと手を振る。

「いや、結婚じゃないい。ってか、湯村くんはとっくに結婚してる。それも、大庭《おおば》ちゃんと」

「えっ」珍しくも、優佳が素で驚いた顔をする。「大庭ちゃんって、大庭桜子《さくらこ》さんのこと？」

「そう。予備校の生徒同士なんて、わたしの知るかぎり、あの二人だけだね。それはそれでめでたいんだけど、今度のは別件。湯村くんってば、ロボットの開発をやりたいって言ってたでしょ？　この前、ロボットがらみで経産省の賞をもらったんだよ」

「賞？」

大学でロボット制御を研究している温子が反応した。「湯村って、ひょっとして、磯子《いそご》商事の湯村さんのことか？」

千早が目を大きくした。

「知ってるの？　ああ、ロボットだもんね」

「うん。直接会ったことはないけど、話題にはよく出るよ。ロボットを作る方じゃなくて、使う方で有名な人だ」

「そう。その湯村くん。実は、わたしらの予備校の友だちなんだ」

「そうなんだ」温子が自らの顎《あご》をつまんだ。「同世代とは聞いてたけど、世間は狭いな」

「意外とね。それで、トーエンの面々で、湯村くんの受賞祝いをやろうって話になったの。ほら、あの頃のことを憶えてる？　誰かが夢を実現したら、全員でお祝いをしようって約束したのを。湯村くんが夢で大成した第一号だから、約束どおりお祝い会をやろうってことなんだよ」

「なるほどね。でも、夢を叶えたのなら、カッキーの方が先じゃないの」

確かに、千早がマンガ家デビューしたのは、大学在学中だ。十年以上前に夢を叶えている。しかし千早は無造作《むぞうさ》に首を振った。

「わたしは、夢を叶えるために予備校で勉強してたわけじゃないからね。変な言い方だけど、むしろ予備校での勉強を活かさないためにだから。あの頃みんなで誓《ちか》い合った夢とは違う。正当な第一号は、湯村くん」

「そんなもんか」優佳が納得顔になった。「それでも、もう来月の話でしょ？　今さら、わたしが割り込んでいいの？」

優佳らしい気遣《きづか》いに、千早が片手をぱたぱたと振った。「それは大丈夫。実は、わたしが行けなくなったんで、そのピンチヒッターだから」

「あれ、そうなんだ」

つい口を挟んでしまった。そんな話は聞いていない。千早がこちらに向けて手を合わせる。謝るときの仕草だ。

「ごめん。急に法事が入っちゃってさ。さすがにぶっちぎれないんだ。急にっていっても、旦那が忘れてただけなんだけどね。だからトーエンの方は断りの連絡を入れなきゃと思ってたんだけど、うすうすが参加してくれるのなら、その方がいいでしょ」

「それは、そうだけど……」

他に答えようがない。優佳がわたしを見て、小さく微笑《ほほえ》んだ。

「行くよ」

「そうこなくちゃ」千早がぽんと優佳の肩を叩いた。「悪いね、急に」

「後で詳細を教えてくれる？」

「承知。幹事は横浜学院の広川くんなんだ。こっちから一報入れておくよ。うすうすの連絡先を教えていい？」

「いいよ。そっか。広川くんって、いたね。賑《にぎ》やかな人」

「うすうすの今のアドレスって、わたし、知ってたっけ」

「知ってるかどうか、知らない。とりあえず、教えておくよ」

同窓生たちが一斉にスマートフォンを取り出した。それぞれがメールアドレスを教え合う。いい機会だからと、ソーシャルネットワーキングサービスで同窓生のグループを作ることにした。それぞれが連絡の取れる同窓生に伝えたら、かなりの人数と交流を復活させられるかもしれない。

千早がスマートフォンをしまった。

「わかった。後で、広川くんから連絡が行くと思う」

「うん」優佳がまたわたしに笑顔を向けた。「楽しみだね」

わたしが返事をする前に、ホテルの従業員が控え室に入ってきた。

「寺島《てらしま》、東海林ご両家の結婚式にご参列の皆様。式の準備が整いましたので、教会の方にご移動をお願いいたします」

第二章　桃園《とうえん》の誓い

「そっか」

ハンドルを握った優佳がつぶやく。「小春の夢も変わってないのか」

わたしも助手席で息を吐《つ》いた。

「一応は。あの頃に想像してたよりもずっと地味だし、ゴールははるか先だけどね」

「睡眠時無呼吸症候群」優佳がわたしの説明を繰《く》り返す。「親戚にいるよ。毎晩、シーパップとかいう吸入器を付けて寝てるって聞いた」

「そう、それ。わたしらはSASって呼んでるんだけど、わたしが今の職場で与えられたテーマが、それ」

「臨床医《りんしょう》になっても、救える患者数は限られている。それよりも研究医になって難病の治療法を開発した方が、より多くの人を救えるはずだ。小春が医学部を志望した理由がそれだったよね」

十五年も前のことを、よく憶《おぼ》えているものだ。わたしはうなずく。

「うん。昔はなんとなく難病に苦しむ子供を助けたいって考えてたから、正直SASと言われて拍子抜けしたことは否《いな》めない。優佳の親戚の人がやっているように、シーパップを付けていれば、対症療法にはなるからね。保険も利《き》くし、それほど深刻な疾《しっ》病《ぺい》とは考えてなかったんだ」

「でも、違うと」

「そう。対症療法はあっても、治療法は存在していないんだ。生活習慣病を誘発しやすいというデータもあるし、死亡例も報告されてる。それなのに治療法がないというのは、由々《ゆゆ》しき事態ではある。しかも患者は相当数いるうえに、診断を受けていない潜在的な患者数はもっと多いと考えられてる。患者の多くは中年男性、つまりお子さんが未成年という人たち。ＳＡＳが原因で突然死して、残された奥さんやお子さんが路頭《ろとう》に迷う事態になったら、悲劇でしょ」

「そりゃ、そうだ」

「それなのに、研究はあまり進んでいない。症候群というくらいだから、睡眠時に呼吸が止まるという現象は一致していても、原因がひとつとは限らない。たとえば仰向《あおむ》けになって眠っているときに気管が自重で潰《つぶ》れることが呼吸が止まる原因だから、身体《からだ》を立てた状態でのうたた寝では起きないというのが、業界の共通認識だった。臨床医も、患者にはそんなふうに説明してるはずだよ。でも身体を立てて寝ていても呼吸が止まるという症例も報告されてる。この厄介《やっかい》な疾病を、脳医学の面からアプローチするのが、わたしの仕事ってわけ」

「そりゃ、難題だ」

「優佳の噴火予知とどっちが遠いか、見当もつかないよ」

七月十二日の土曜日。わたしは優佳と山梨県の河口湖畔《かわぐちこはん》を訪れていた。

『ホテルまでの足はどうする？』

先週、幹事の広川がソーシャルネットワーキングサービスでそう訊《き》いてきた。会場のリゾートホテルは景色がいい反面、駅から遠いのだそうだ。どうしても自動車を使うことになる。だから元々は千早に乗せていってもらうつもりだった。さすが開業医の娘兼妻。使う車はメルセデス・ベンツだ。高級車に乗ったことがないから楽しみにしていたけれど、千早は欠席することになってしまった。わたし自身は運転免許証を持っていないし、いくらなんでも夫に河口湖まで送らせるわけにもいかない。

『じゃあ、小春はわたしが乗っけていくよ』

優佳がSNSにそう返信した。当日は夫が海外出張中だから、自家用車を自由に使えるのだという。

もちろん断る理由など、あるはずもない。結局わたしは、優佳と二人で、河口湖までドライブすることになってしまった。

金曜日に仕事を終えたわたしは、一泊旅行の荷物をまとめて、つくば市の自宅を出た。横浜の実家に泊まるためだ。つくば市から河口湖まで行くのは大変だけれど、横浜からなら、さほどでもない。優佳は現在東京都の目黒区《めぐろ》に住んでいるそうで、途中寄り道して、実家の最寄り駅、上大岡《かみおおおか》駅でわたしを拾ってくれた。

優佳は、銀色のアウディで現れた。しかもスポーツタイプだ。昔の優佳を知っている身としては、イメージの落差に愕然《がくぜん》としてしまう。顔に出ていたのだろう。「旦那の趣味なんだ」と説明してくれた。

七月の土曜日、それも行楽地に向かう道だから、さすがに混んでいた。おまけに優佳と二人きり。車内が気まずい空間になるのではないかと心配していたけれど、杞憂《きゆう》だった。高校卒業時に、優佳に感じた距離。それを抱《いだ》いたまま別の大学に進学して、没交渉のまま十五年が過ぎた。つまり十五年ぶりの再会なわけだから、やはり懐かしい。高校生時代の思い出話やお互いの現況の話をしていたら、あっという間に時間が過ぎていった。もうすぐ、目的地だ。

「この辺りかな」

「そうだね。もうちょっと先」

周囲とカーナビゲーションシステムの画面を見比べながら、わたしが答える。

「左に入る道があって、その手前――ああ、あれだ」

目的地の看板が見えてきた。「P」という駐車場のマークもある。優佳がウィンカーを出して、自動車を駐車場に入れた。ここの駐車場は一台当たりの駐車スペースが狭いし、優佳の車はスポーツタイプだから、後方視界がよくない。にもかかわらず、優佳は苦労することもなくアウディを駐車スペースにきっちりと入れた。

スマートフォンを取り出して、現在時刻を確認する。午後四時ちょうど。集合時刻は午後四時三十分だから、早すぎず遅すぎず、いい時間帯だ。

そのままスマートフォンで、SNSアプリケーションソフトを呼び出す。到着したときの段取りを確認するためだ。

「まずチェックインして部屋に荷物を置いてから、小会議室に集合だって。S3ってところ」

「わかった」

トランクを開けながら、優佳が答えた。小振りなトランクには、小型のキャリーバッグがふたつ。優佳と、わたしのものだ。わたしのキャリーバッグをトランクから出しながら、しげしげと見る。

「ずいぶん、使い込んでるね」

「うん」受け取ったキャリーバッグをぽんと叩いた。「旦那の実家が北海道だからさ。飛行機をよく使うんだ。こいつは機内持ち込みできるサイズなんで、重宝してる」

「そっか。つくばに住んでると、茨城《いばらき》空港から格安航空会社を使うの？」

「そう。車を使えば、一時間かからないからね。茨城空港は駐車場代が無料だし。電車なら、実は羽田《はねだ》がいちばん早かったりするけど」

「そうなんだ。さすがは日本の玄関。羽田は便利だ」

そんなことを話しながら、ホテルに入る。フロントで自分の名前を告げた。若いホテルマンがパソコンのモニターを確認する。

「武田小春様ですね――はい。本日から一泊、朝食付きで承っております」

宿泊客カードに名前と連絡先を記入して、カードキーと朝食券を受け取る。

「お部屋は七階の禁煙フロアをお取りしております。朝食は朝七時から十時まで、二階の洋食レストランでビュッフェ方式になっております」

「小会議室は何階ですか？」

「三階でございます」

「わかりました。お世話になります」

「エレベーターは、後方の右側にございます。ごゆっくりお過ごしください」

フロントを背にして、エレベーターに向かう。箱が下りてくるのを待っていたら、背の高い男性が隣に立った。こちらを見る。

「おお、上杉さんだ」

わたしを旧姓で呼んだ男性は、予備校仲間の広川中だった。今回の、祝賀会の幹事だ。仲間うちでは結婚して姓が変わっても旧姓で呼び合う習慣になっているから、変でも失礼でもない。わたしも笑顔を向けた。

「久しぶり。っても、二年か」

広川はにっと笑う。「うん。一昨年《おととし》の八景島《はっけいじま》以来だ」

そして優佳に目を留めて、驚愕《きょうがく》の表情を作った。

「——ひょっとして、碓氷さん？」

優佳は穏《おだ》やかに笑った。「うん。広川くん、だよね」

わあお、と広川が大声を出した。「まさか、生きてまた会えるとは」

仲間を集めるのが大好きな男は、優佳の両手をつかんでぶんぶんと振った。「元気だった？」

「かなり、ね。みんな、もう来てるの？」

問いかけに、広川は上方を見た。三階の小会議室に意識を向けたのだろうか。

「いや、まだ全然。島野《しまの》は、もう来てる。福永《ふくなが》さんと世良《せら》さんも。そもそも、肝心《かんじん》の湯村がまだ来てない。奥さんはもう来てるけど」

奥さんとは、同じ予備校仲間の大庭桜子のことだ。

「一緒じゃなかったの？」

わたしが尋ねると、広川は邪気のない笑顔をわたしたちに向けた。

「湯村は、やっぱり忙しいらしい。少し遅れて、五時から五時半くらいに着くって。まあ、あいつの講演は元々五時スタートの予定だったから、別にいいんだけど」

「じゃあ、大庭ちゃんもそうすればよかったのに」

ごく当たり前の感想だ。広川もうなずく。

「俺もそう思うけど、会場の準備とかをみんなに任せるわけにはいかないって、奥方だけ先に来たかったってことだ。車が二台あるから、別々でも問題ないらしい」

「行きはそれでいいんだろうけど」優佳が口を挟んできた。「帰りもバラバラだと淋《さび》しいよね」

「そのとおり——おっと、エレベーターが来た」

広川が言うと同時にチンと軽い音を立てて、エレベーターのドアが開いた。外国人観光客らしい家族連れが中から出てきて、入れ替わりに乗り込んだ。わたしが七階を、広川が三階のボタンを押す。すぐに三階に到着して、ドアが開く。

「荷物を置いたら、会議室に来てよ。まだ時間に余裕があるから、部屋でゆっくり休んでもらってからで、全然大丈夫」

「ありがとう。そんなに待たせずに、下りるよ」

「了解」

広川がエレベーターを降り、扉が閉まる。

「どうする？　部屋で少し休む？　ずっと運転で、疲れたでしょ」

優佳相手にこんな言葉をかけられるとは、自分も大人になったものだと思う。振り返ってみれば、高校生時代は、彼女に甘えていた。優佳は優しげな微笑みを浮かべた。

「そうでもないよ。中途半端に休むより、すぐ動いた方が、かえって疲れない」

この場に最もふさわしい、能動的な気遣い。こちらは昔のままといっていいのだろうか。

ともかく、本人がいいと言っている以上、荷物を置いたらすぐに会議室に行くのが正しい行動だろう。「それじゃあ、荷物を置いたりトイレに行ったりして、十分後にエレベーターの前で」と約束して、客室に入った。わたしが七〇二号室、優佳が七〇四号室だ。ひとつ空いているように見えるのは、廊下を挟んで片側が奇数の部屋、もう片側が偶数の部屋だからだ。つまり優佳とは隣の客室ということになる。優佳が非常識な騒音を立てるとも思えないから、特に文句はない。

七〇二号室に入り、ドアを閉める。キャリーバッグをテーブルの近くに置いて、ベッドに腰掛けた。

「ふうっ」

つい、そんな声が漏《も》れた。

来てしまった。優佳と一緒に。

高校の卒業式の日に、優佳に感じた距離。子供だったあの頃は、優佳の取った行動が許せなかった。

けれど、大人になった今ならわかる。人間は、大なり小なり優佳のような行動を取ってしまうものなのだと。本質的には、他者は自分とは関係ないのだと。

ただし、そのような選択をするときには、自分を納得させる精神的作業を必要とする。仕方がないのだと。これが正しい行動なのだと、自分に言い聞かせる。

優佳は違う。彼女は無自覚だった。同級生の身に起こった問題について、まるで雑誌のクロスワードパズルのように解《と》いて、解き終わったら雑誌を閉じた。解いただけでは解決にならないのに。そうやって優佳は、友人の未来を切り捨ててきた。だから大人になった今でも、あの頃の優佳の行動は、理解できても共感はできていない。

では、当の優佳はどうか。あれから十五年が経《た》っている。彼女は自分の性質に気づいているだろうか。友人を見捨て、見捨てたことにすら気づかない性質に。

わたしは立ち上がった。考えていても仕方がない。普通に過ごしている分には、優佳以上の友人はいない。もちろん今日の参加者だって、何らかの問題を抱えて暮らしている。でも、もうみんな大人だ。愚痴《ぐち》を口にすることはあっても、優佳が乗り出すような事態にはならないだろう。だったら、何の問題もない。

ベッドサイドのミネラルウォーターを取る。五百ミリリットルのペットボトルだ。開栓してひと口飲む。もうすぐ十分が経つ。小会議室に行かなければ。ペットボトルを手に持ったまま、客室を出た。

優佳と共に小会議室に入ると、五人がテーブルを囲んでいた。広川、島野智哉《ともや》、中鶴《なかつる》――旧姓世良――珠里《じゅり》、福永瑠奈《るな》、それから湯村――旧姓大庭――桜子だ。

「おつかれ」

桜子が声をかけてきた。わたしは主役の妻に笑みを向ける。

「おめでと」

桜子は眉間《みけん》にしわを寄せながら笑った。「わたしの手柄じゃないけどね」

あまり嬉しくなさそうだ。桜子は優佳とはまったくタイプが違うけれど、わたしの友人の中ではかなり美女の部類に入る。だから嬉しそうではないどころか、仏頂面《ぶっちょうづら》でも場を華《はな》やかにする。

「いいじゃんか。夢を叶えたんだから」

ロボット技術で世界を変える。それが高校生時代の湯村勝治《かつじ》の夢だった。

「まあね」

やや、つっけんどんな響きがある。自分と夫とは別の人間であり、夢を叶えたのは夫の方だ。わたしじゃない。そんな心の声が聞こえてくるようだ。確かに、夫の成功を自分のことのように喜ぶのと、自分が成功するのは、まったく違う。そもそも、湯村が叶えた夢は、桜子が抱いていた夢とは違うものだし。

「あれ？」

大きな声が割って入った。声だけではない。目鼻口が大きく、それを収納する顔も大きい。珠里だ。まん丸な目が優佳を捉《とら》える。

「ひょっとして、碓氷ちゃん？」

優佳が微笑んだ。「うん。世良ちゃんだよね」

「うん。今は中鶴だけど」立ち上がって、すたすたと近寄ってくる。「すっごい久しぶりじゃない」

　ばんばんと優佳の肩を叩いた。「今、どうしてるの？」

「まだ、大学にいるよ」叩かれた肩をさすりながら、優佳が答える。

「えっと、火山だっけ？」

「そう。噴火がある度《たび》に、どうして予知できなかったんだって責められるのが仕事」

「あっちゃあ」珠里が自らの額《ひたい》に手を当てた。「なんだ。碓氷ちゃんも昔の夢を追いかけてるんじゃんか」

「世良ちゃんは？」

「あたし？　小学校の先生だよ」

「えっと……」優佳が宙を睨《にら》んだ。「確か、教育問題を解決するために、政治家さんになるって言ってたよね」

「そう」額に手を当てたまま答える。「まず現場を知らなきゃ何も言えないと思って、小学校の先生になったんだ。そしたらもう毎日忙しくてね。政治のことまで考える余裕がない」

「でも、政治家に転身するのは、いつでもいいわけでしょ。むしろ経験豊富な方が、みんな耳を傾《かたむ》けてくれるから、有利だと思うな」

「さすが碓氷さん」広川が感心したように言った。「俺も、そう思う」

珠里が困ったような顔になった。

「そうなればいいけどね。政治に興味を持つことに、旦那があんまりいい顔してないんだ——おっと、人のせいにしちゃいけない」

本人が言ったとおり、珠里は将来の政界転身を睨んで、まず小学校の教師になった。しかし生活や進学に困っている生徒が通う公立でなく、裕福な家庭の子供が集まる私立小学校に就職した辺りで、ずれてきた。一般企業に勤務している大学の同期生と結婚し、子供も生まれた。今は職場復帰して教職を続けている。

とはいえ、まだ三十代半《なか》ばだ。優佳が指摘したように、政治家になるのに遅すぎるわけではない。けれど、順風満帆《じゅんぷうまんぱん》な人生に安住して、大きな変動を望まなくなっても不思議はない時期でもある。今の口調から推察するに、このまま教員で定年まで過ごし、政治家になるのは、あきらめかけているようだ。

「そういえば」わたしは優佳と並んで座りながら、桜子に話しかけた。

「旦那を置いてきたんだって？」

「うん」赤い眼鏡《めがね》の奥で、目が細められた。「昨日、会社でトラブルがあったみたいで、そのフォローに追われてる。っても、出勤したんじゃなくて、家で電話やメールしまくってる」

「おいおい」広川が口を挟んだ。「大丈夫なのか？　本当に来られるのか？」

「それは大丈夫」桜子はテーブルのスマートフォンを指し示した。「もう解決して、家を出たって連絡があったから。五時過ぎには着くと思う」

「そりゃよかった」

島野が制汗シートで汗を拭《ふ》きながら言った。室内は空調が効いているのに、額に汗が浮かんでいる。ここ数年で、島野は急激に太ってきた。そのせいだろうか。

「まあ、別に遅れてもいいけどね。どうせ今日は泊まりだから、何時になっても困らない」

「いや、困る」広川がすかさず答える。「客室は一泊で取ってるけど、この会議室は四時から七時までなんだ。俺たちの後に他の予約は入っていないらしいけど、遅れたら延長料金を取られる」

「じゃあ、旦那に払ってもらいましょ」

桜子が言い、笑いが起きた。

「旦那に払ってもらうって」瑠奈が笑いを収めて言った。「あんたのお金でもあるでしょ」

「いや、旦那の家計から出してもらう」桜子が即答した。「うちは、生活費はお互いの収入から出してるけど、それ以外は各自で管理してるからね」

「あ、そうなんだ」島野が口を開けた。「そりゃ、うらやましい」

「島野くんのところは違うの？」

「うん。子供が生まれたときに、嫁が会社を辞めて専業主婦になったから。財布は嫁が握ってる」

「じゃあ、お小遣い制なんだ」

「そう。今日みたいな巨額の出費は、稟議書《りんぎ》を書いて、嫁さんに決裁をもらうんだ」

また笑いが起こる。島野は神奈川県藤沢《ふじさわ》市の職員だ。昨今の地方公務員は、それなりの給料をもらっていると聞く。奥さんが専業主婦になっても、生活するには問題ないのだろう。これ以上ないくらい安定した職業だし。

そう。公務員は安定した職業だ。島野はそれを選んだ。

島野は高校生時代、昆虫学者を目指していた。元々が、虫取りが大好きだった少年が、そのまま大きくなったような男だ。昆虫学者になって、世界中の珍しい昆虫を採集して回る。それが彼の夢だった。

しかし彼は大学在学中に夢を放棄した。それは大学院に進むことなく、地元の公務員となったことからも明らかだ。今は昆虫とはまったく関係のない仕事をしている。その理由については聞いていないけれど、何かの際に「俺、長男だから」とつぶやいていた記憶がある。将来、両親の面倒を見ることを考えて、早めに生活を安定させる必要があったのかもしれない。

島野に感情移入してしまう前に、わたしは瑠奈に声をかけた。

「福ちゃんは元気だった？」

「うん」瑠奈は細い顎を引いた。「元気すぎて、太っちゃってさ」

「えーっ？」

珠里が大声を出す。「とても、そうは見えない」

瑠奈は、すべてにおいて細い人間だ。目も顎も胴体《どうたい》も細い。少なくとも、島野とは体型が全然違う。

「着やせするんだよ」服の上から腹をつまむ。「これじゃ、ますます男が遠ざかる」

「大学は男の園でしょ。工学部なんだから」

「へんてこな男の、ね」

また笑った。

「それで、どうなの。研究は」

「うーん、いまいち」瑠奈が頭をぼりぼり搔いた。「共同研究先の会社が、最近いい顔をしてない。研究を続けるか手を引くか、社内で揉《も》めてるらしくて」

「でも、カーボンナノチューブは実現したら、巨大市場になるでしょ」

優佳がコメントした。「金のなる木だから、そう簡単にあきらめないんじゃないの？」

優佳らしい激励だ。しかし瑠奈は渋い顔をした。

「そうならいいんだけどね。向こうの社員の顔を見てると、微妙かな。業績が悪くなったせいで、目先の利益にならない研究は、ばしばし切られてるそうだから。スポンサーに撤退されると、研究テーマを変えなきゃいけないかも」

表情を見るかぎり、絶望的というわけでもなさそうだ。しかし継続できるか、決まったわけでもない。宙ぶらりんというのが、瑠奈の置かれた状況なのだろう。宙ぶらりんだからこそ深刻にもなれないし、楽観視もできない。漠然とした不安を抱えている。

カーボンナノチューブは、高校生時代からの瑠奈の夢だった。実用化されれば、SF小説の中にしか出てこなかった宇宙エレベーターが一気に実現に近づく。自ら作ったケーブルを伝って宇宙に行くというのが、彼女の最終目標だ。予備校で机を並べてから十五年。目標をぶれさせず、研究一筋に生きてきた。

それが揺《ゆ》らぎそうになっているのだから、不安にもなるだろう。太ったというのも、元気で食欲があるからではないのではないか。将来の不安から来るストレスのために食べ過ぎてしまっているからではないだろうか。そんな余計な心配をしてしまう。

場の雰囲気が暗くなりかけた。珠里が話題を変えるように室内を見回した。「上杉ちゃんと碓氷ちゃんが到着した。後、来てないのは、誰？」

「まず、主役の湯村」

広川が答え、桜子が苦笑する。

「後は神山《かみやま》と、真鍋先生だな」

「神山くん」珠里が真剣な顔になった。「大丈夫なの？　来られるの？」

「本人からは、来るって返事が来たけどね」

「そう……」

珠里が教師の顔になっていた。生徒を心配する、教師の顔に。みな、一様に深刻な表情になる。

つんつんと、優佳がわたしの腕《うで》をつついた。どういうことなのかと、その目が問うている。そうか。ずっと没交渉だったから、優佳は神山裕樹《ゆうき》の現況について知らないのだ。

「神山くんは、城東《じょうとう》製薬に勤めてるんだよ」

それだけ言った。

神山の夢は、製薬会社に入って画期的な医薬品を開発することだった。そのため、難関大学の薬学部を志望していた。研究医になって難病の治療法を発見するという、わたしの夢に重なる部分があったから、個人的にはかなり応援していた。努力の甲斐《かい》あって、偏差値の高い大学の薬学部に、見事合格した。優佳は、そのことを憶えているだろうか。

どうやら思い出したらしい。優佳が納得顔になった。「ああ――なるほど」

仲間たちが一斉《いっせい》にうなずいた。

「そう。データ捏造《ねつぞう》」

広川がずばりと言った。「開発した新薬に、データ捏造があった。内部告発でわかったんだ」

桜子が眉間にしわを寄せる。

「でも、神山くんが捏造したわけじゃなかったんでしょ？　問題を起こしたのは別部署だと聞いたけど」

「そうだけどさ」島野の声も深刻さを帯《お》びていた。「神山が関与していなくても、あいつが受けたダメージはでかいよ。城東製薬はOTCじゃなくて、医療機関向けに強い会社だ。医者の信用を失ったら、今後の採用は難しくなる」

OTCとは、医師の処方箋《しょほうせん》が必要ない、薬局で買える医薬品のことだ。薬局のカウンター越しに購入できるから、オーバー《O》・ザ《T》・カウンター《C》と呼ばれている。城東製薬は、一般大衆薬でなく、先進医療に用いられる抗体医薬品に強みを持っている。わたしが勤務している国立先進医療センターつくば研究所でも、城東製薬との共同研究が行われている。発覚したデータ捏造は、うちとの共同研究とは関係なかったけれど、本当に大丈夫かと担当研究員は大騒ぎしていた。

「今後というより、今現在の足元が大変なんだけどね」

瑠奈のコメントはため息交じりだった。「捏造を第三者委員会が調べてたら、粉飾決算が見つかったんでしょ。先月の株主総会で社長が交代したって、ニュースで言ってた」

「国内大手か外資に身売りするんじゃないかって話もあるよね」

珠里がはっきりとしたため息をついた。

「神山くんは、確か真鍋先生のアドバイスで城東製薬に入ったたんじゃなかったっけ。幸い会社では、望むテーマの研究をできていた。あたしらの中では、最も夢に向かって一直線だったんだ。それなのに今、とんでもない状況に追い込まれてる。研究が続けられるかどうかもわからない。そんなときに、トーエンの集まりに来るかどうか。ましてや、友だちの成功を祝える心境なのかな」

瑠奈が抱えている不安よりも、はるかに深刻な状況に神山は置かれている。城東製薬については、一時マスコミで大きく取り上げられたから、優佳も知っていたようだ。彼女もまた、この場にふさわしい沈痛な表情を浮かべた。

重い空気が流れたところで、ドアをノックする音が聞こえた。代表して広川が返事すると、ドアが開いてふたつの人影が現れた。神山と、真鍋宏典先生だ。

ガタガタッと音を立てて、みんなが起立する。「真鍋先生！」

「やあ、どうも」

真鍋先生はひょろりとした長身をかがめるようにして、会議室に入ってきた。

かつての長髪は短く整えられていて、その分薄くなったのがわかるようになった。年を取ったなと思う反面、黒縁《くろぶち》眼鏡の奥で輝く瞳は、変わっていない。

真鍋先生の背後から、神山がのっそりと入ってきた。「おつかれ」

れたんだな」

「神山」広川の表情が一瞬揺らいだけれど、変わるまでには至らなかった。「来てく

「出席の返事、出しただろう」

作り笑顔で答える。

神山は以前から瘦《や》せ型だったけれど、これほど頰はこけていなかった気がする。色白ということも相まって、不健康な印象がある。それだけではない。なんとなく、張り詰めたような印象を受ける。

やはり会社のトラブルが影を落としているのだろうか。それとも背景を知っているこちらが、偏見の目で見ているだけなのか。

「そうだったな。真鍋先生と一緒に来たのか？」

神山は予備校時代から、特に真鍋先生を慕っていた。先ほど珠里が指摘したように、大学院に進学してからも、何度か相談に乗ってもらったという。

――君には研究者としての適性がある。論文を読んだけれど、質の高い研究だと思う。大学に残ってもいいし、製薬会社に就職してもいい。君の目標を考えたら、製薬会社に就職した方がいいかな。君の望む研究をやれそうなところといえば、東京の城東製薬か、大阪の枚方《ひらかた》製薬なんかがいいと思う。

そんなアドバイスを受けたことがあると、神山本人から聞いたことがある。

「いや、駐車場でたまたま一緒になったんだ」真鍋先生が答える。「ここの駐車場は、一台当たりのスペースが狭いね。停めるのに苦労してたら、ちょうど神山くんがやってきて、誘導してくれたんだよ。おかげで、助かった」

「先生の車が、ムダに大きいんですよ。車道楽は変わってないですね」

神山がコメントして、会議室が笑いに包まれた。神山の笑顔が、自然なものになった。少し安心する。

壁の掛け時計を見る。午後四時四十二分。遅刻といえば遅刻だけれど、それほど厳密である必要もない。

真鍋先生が、柔和《にゅうわ》な瞳で桜子を見た。

「おめでとう。すごい成果だ」

桜子は、今度は丁寧《ていねい》に頭を下げた。「いえ。それほどたいした仕事ではありませんのに、大きな賞をいただいて、恐縮しているところです」

さすがに恩師に向かって、旦那と自分は違うとは言えない。真鍋先生は、そんな桜子の心情を知ってか知らずか、上機嫌に続けた。

「経産省は古巣だからね。ツテを辿《たど》って審査の状況を訊いてみたんだよ。湯村くんについては、満場一致で受賞が決まったらしい」

おお、と歓声が上がる。真鍋先生は空いていたわたしの隣席に座った。

「湯村がまだ来てないけど」広川が腰を浮かせた。「真鍋先生が来たから、コーヒーを出してもらおう」

「コーヒー？」瑠奈が尋ねると、部屋の電話機に向かいながら広川が答えた。

「講演会用に、コーヒーをポットで注文してるんだ」

真鍋先生が掌《てのひら》を広川に向けた。「じゃあ、始まってからでいいよ」

しかし広川はお構いなしに受話器を取り上げる。「いえ、せっかくですから」

フロントに電話をかけ、コーヒーを持ってきてもらうよう依頼した。

真鍋先生は優佳に目を留めた。黒縁眼鏡の奥で、目が見開かれる。

「碓氷さん？」

「はい」優佳がお辞儀した。「すっかりご無沙汰《ぶさた》してしまって、申し訳ありません」

真鍋先生が破顔《はがん》した。「来てくれたなんて。これは嬉しいな」

本当に嬉しそうだ。先ほど本人が言ったように、真鍋先生は通商産業省——今の経済産業省——を辞して予備校講師に転身した変わり種だ。講師一年目の生徒がわたしたちの代だったから、印象も強いようだ。

隣に座った神山も口を半開きにした。

「今、どうしてるの？」

興味というより、探《さぐ》るような響きがあった。少し上目遣《うわめづか》いになっている。優佳は珠里のときとまったく同じ口調で答えた。

「大学にいるよ。まだ講師だけどね」

「まだ、じゃないでしょ」横から瑠奈が口を挟んだ。「わたしなんて、まだ助教だよ」

大学の序列は、簡単にいうと上から教授、准《じゅん》教授、講師、助教となっている。会社に例えるならば、同期入社で優佳の方が少しだけ出世したといったところだろうか。とはいえ大学によっても違うし、所属している学部や研究室の状況にも大きく左右されるから、先に講師になったら偉《えら》いというものでもない。

真鍋先生がスマートフォンを取り出した。なにやら操作している。横から液晶画面を覗《のぞ》くと、『碓氷優佳』『火山』で検索をかけていた。優佳が所属している研究室のサイトが引っかかり、そこから研究室スタッフ紹介のページに飛んで、優佳の業績を確認した。英語の論文名がずらりと並んでいるのが確認できた。

「こりゃ、驚いた」真鍋先生が本当に驚いた口調で言った。「あの頃は、女の子の身で火山学はどうかと思ってたけど、しっかり道を切り開いてるんだな。感心したよ」

「恐れ入ります」

また優佳が頭を下げた。

「なんだ、碓氷ちゃんも夢を叶えたんじゃんか」

珠里が真鍋先生に負けない大声で言った。そういえば、予備校でも二人が話すときは、教室に大声が響き渡っていた。ケンカしているんじゃないかと、他の先生が様子を見に来るくらいに。

「叶えてないよ」

優佳が小さく手を振った。「目標は噴火予知だからね。まだまだ長い道のりどころか、ゴールが本当にあるかどうかもわからない。しっかり結果を出して社会に貢献している湯村くんとは、全然違う」

この場に最もふさわしい言葉ではあるけれど、これは作ったものでなく、本音のような気がした。わたしも夢を叶えるためのルートは外れていないけれど、叶えたとは、とても言えないからだ。

真鍋先生が部屋の中を見回した。

「それで、しっかり結果を出した主役はどうしたのかな？」

「すみません」桜子がまた頭を下げた。「仕事でトラブルがありまして、今こちらに向かっているところです」

「ああ、それは大変だな」

心配そうな真鍋先生の陰で、神山がほんの少しだけ安堵《あんど》したように見えた。しかしそれぞれの反応が消えないうちに、小会議室のドアが大きく開かれた。

「申し訳ないっ！」

息を切らせて、男性が入ってきた。

四角い顔。若白髪《わかじらが》。垂れ目。間違いない。湯村勝治だ。

「おおっ、湯村！」

真っ先に広川が反応した。「間に合ったか」

「なんとか」額に玉の汗を滲《にじ》ませながら、湯村が答える。「途中の道が渋滞してたときは絶望したけど、どうにか辿り着けた」

手に持った旅行カバンを床に置き、中からペットボトルの麦茶を取り出す。半分ほど残った麦茶を、一気に飲み干した。

旅行カバンを持ったままということは、チェックインしていないのだろうか。「先にチェックインしてくれれば？」と言いかけて、愚問だと気づく。妻の桜子が先に来ている以上、二人の部屋がチェックイン済みなのは明らかだからだ。

「湯村くん」真鍋先生が立ち上がって歩み寄る。右手を差し出した。「おめでとう」

「ありがとうございます」

湯村が先生の手をがっちりと握る。そして十五年ぶりに顔を見せた優佳を見つけて感動の再会をくり広げた後に、コーヒーがやってきた。

広川がぽんぽんと手を打った。

「主役もやってきてくれたので、始めましょう。本日は皆さん、お忙しいところ、またお暑い中お越しいただき、ありがとうございました」

まるっきり司会者のもの言いだ。さすが、長年幹事を務めているだけのことはある。

「我々トーエンのエース、湯村勝治くんが経済産業省の日本ベンチャー大賞を受賞しました。今日はあの日の約束どおり、そのお祝いの会を開催します。と同時に、当人に受賞内容のプレゼンテーションをやってもらおうという、おめでたい企画です」

拍手が沸《わ》き起こった。

湾岸ゼミナールで、真鍋先生の授業を受けた生徒の一部が、特に仲良くなった。

大学進学のための予備校だから、同じ志望校だとどうしてもライバル意識が生じて、素直につき合えなくなる。けれどわたしたちは志望校も学部も、見事にバラバラだった。だから純粋な気持ちで、お互いがお互いを応援し合えた。苦手分野を教え合ったりすることで成長し、全員が見事に第一志望に合格できた。真鍋先生がわたしたちのことをよく憶えているのも、単に第一期生だからというだけではない。過酷《かこく》な大学受験の中でも揺るがない絆《きずな》が、深く印象に残っているからだと、わたしは考えている。

わたしたちは、ただ単に机を並べたから仲良くなったわけではない。他の生徒たちは、現実的な目標にできる偏差値の大学から、好きだったり得意だったりする科目の学部を選んでいた。それどころか、入れそうだからと、まったく違う学部を志望校リストに入れていた生徒もいた。しかしわたしたちは違った。将来、どのような仕事に打ち込みたいか、それが明確だったのだ。だから志を抱いた仲間が自然と集まって、互助集団ができた。

「桃園《とうえん》の誓いだ」

高校三年の夏。夏期講習後のファストフード店で、広川中が宣言するように言った。

福永瑠奈が訝《いぶか》しげな顔をした。「桃園の誓いって、『三国志《さんごくし》』の？」

広川が自信満々にうなずく。「そう。俺たちのつながりは、桃園の誓いだと思う」

「全然違うじゃないの」

桃園の誓いなら、わたしも知っている。『三国志』の有名なエピソードだ。劉備《りゅうび》、関羽《かんう》、張飛《ちょうひ》の三人が義兄弟の契《ちぎ》りを交わす、序盤のハイライトとして知られている。

「福ちゃんの言うとおりだね」世良珠里が同性の味方をした。「あたしらは、それぞれが自分の夢に向かって突き進もうってんだから。同じ目標に向かって行動を共にする桃園三兄弟とは、違うよね」

「少なくとも、俺はみんなと同じ日に死にたくないぞ」

島野智哉が真面目《まじめ》な顔で言って、笑いが起きた。

「まあ、いいんじゃないの」

大庭桜子が笑いを収めて言った。「志があるのは間違いないんだから」

『三国志』の英傑《えいけつ》に自らをなぞらえるような時期はとっくに卒業していたけれど、全員がなんとなく気に入って、わたしたちの集まりは「桃園の会」と名付けられた。もっとも、さすがに気恥ずかしさがあったのか「桃園」が「トーエン」に変化して、今に至っている。

広川が湯村に顔を向けた。

「じゃあ、後は任せていいか？」

「おう。パソコンを立ち上げるまで、ちょっと待ってくれ」

　呼吸が戻って汗も拭いた湯村が、旅行カバンからノートパソコンを取り出した。管理番号の振られたラベルが貼ってあるから、会社の備品なのだろう。あらかじめ設置しておいたプロジェクターにケーブルをつなぎ、電源を入れる。準備が整うまでの間、女性陣がコーヒーをカップに注ぎ、男性陣がカーテンを閉めた。

　白いスクリーンに、パソコンの画面が表示された。デスクトップの「トーエン発表用」と書かれたファイルをダブルクリックした。プレゼンテーションソフトが起動し、スクリーンに『高齢化社会におけるロボットの活用　磯子商事の取り組み』という文字が映し出された。

「それじゃ、時間もないから簡易バージョンで」

　湯村が言い、広川がうなずいた。

「もちろん、それでいい。お前の講演は、もう金を取れるレベルだろうから。無料で聴ける程度の話にしてくれ」

　湯村が薄く笑った。ということは、今までに何度も講演で報酬《ほうしゅう》を得ているのだろう。

「無料バージョンというよりは、砕《くだ》けたバージョンだな。じゃ、始めます」

真鍋先生が聴いているためか、あるいは頭がビジネスモードに切り替わったのか、丁寧語になった。

「みなさんは、ロボット工学者になるはずの私が文系就職したのを見て、驚いたかと思います」

そう切り出した。かつての「俺」が「私」になっている。

「夢を捨てたんじゃないかと思ったことでしょう。半分は当たっていて、半分は間違っています。大学院で研究を進めていくうちに、私は研究者としての自分の限界を悟《さと》りました。それは間違いありません。でも、それでも私は夢を捨てませんでした。ロボットで世界を変える。自分が技術者として画期的なロボットを開発しなくても、夢を叶える手段はある。色々と考えた結果、選んだのが、今の磯子商事への就職でした。この会社を選んだ理由は、社内ベンチャー制度があるからです」

スクリーンの画面が切り替わり、磯子商事の企業紹介が映し出された。

「社内ベンチャー制度とは、会社が新規事業のテーマを社員から募集して、選抜された社員が予算をもらって事業の立ち上げを行う制度のことです。そういったことをやっている会社は他にもありますが、審査が厳しすぎるため誰も応募しなくなって、有名無実化してしまうケースがままあるようです。しかし磯子商事は、社内ベンチャー制度からいくつも新規事業を立ち上げ、将来有望な収益源に育てていました。私もこの制度を利用して、会社の資金で夢を実現しよう。そう考えたのです」

湯村は流暢《りゅうちょう》な語り口で、社内ベンチャー制度で自分が何をやってきたのかを説明していった。

湯村が着目したのは、老人問題だった。来たるべき超高齢化社会に向けて、ロボットが果たす役割は、決して小さくないはずだ。

とはいえ老人ホームに対話型ロボットを導入して話し相手になってもらうことなど、どの企業もやっている。足腰が弱った高齢者の行動を手助けする、ロボットスーツも然《しか》り。マスコミが大きく取り上げて、すでに先行している企業がある分野に参入しても、意味はない。

湯村は、最も生々《なまなま》しいふたつの現実を直視した。ひとつは排泄《はいせつ》であり、もうひとつが性だ。どちらも深刻な問題であるにもかかわらず、声高《こわだか》には論じられていない。

排泄に関しては、要介護高齢者が排泄した際に、洗浄から汚物処理までを自動的にこなす、いわば「ロボットおまる」を作ろうとした。湯村は航空機用のトイレ製造企業、シャワートイレ製造企業、紙おむつ製造企業、ロボット開発ベンチャー企業に声をかけ、開発チームを発足させた。開発は困難を極《きわ》めたが、人型ロボットにこだわらずベッド組み込み型にすることで、実現にこぎ着けた。

同時に湯村は、性と恋愛についても提案を行おうとしていた。高齢者が枯《か》れてしまっているというのは、世間の勝手な思い込みだ。性欲は程度の差こそあれ持ち合わせているし、いくつになっても恋愛感情を抱く。湯村はロボットおまるに、男性の性的処理機能もつけた。男性の局部に刺激を与えて、射精させる機能。あけすけな表現をすれば、ロボットダッチワイフだ。

それだけではない。対話型ＡＩの力を借りて、対象者が恋愛感情を抱きそうな人格を仮想的に作成し、話し相手になってもらった。対象者にＡＩを好きになってもらうことによって、精神的な生きがいをもたらした。

湯村の狙《ねら》いは当たった。試験的に導入した要介護高齢者施設で、劇的な効果が認められたのだ。介護士の負担が減り、高齢者も目に見えて活き活きとしだした。認知症の前段階といわれる軽度認知障害《ＭＣＩ》から認知症に移行する率も激減した。

事業は、ロボットだけに留《とど》まらなかった。要介護高齢者施設が職員の確保に苦労している理由は、待遇面だけではない。施設の中に独特の臭気《しゅうき》が立ちこめており、その臭《にお》いに耐えられなくなるのだ。

そこで湯村は給食会社と協力して、便臭を抑える食品添加物を食事に加えた。また歯周病由来の口臭を消す素材を洗口液に加えて提供した。そのような細かい工夫によって、施設そのものを快適な空間にしていった。それらすべてのプロジェクトを、湯村は取り仕切ったのだ。

「私ども磯子商事は、試験導入結果を武器に、攻勢をかけました。多くの施設が手を挙げてくださり、市場は一気に膨《ふく》らみました。それだけではありません。全く予想外でしたが、アメリカの企業が、宇宙で使えないか打診してきたのです。高齢者のためではなく、火星に移住する移民船に設置して、長期間の宇宙旅行に役立てようというのです。本来の市場にもアピールし、新たな市場も次々と開拓できる。しかも一社だけの取り組みでなく、ジャンルを跨《また》いだ協業の成果として。そんな将来性を評価されて、経済産業省さんの日本ベンチャー大賞受賞に至ったのです」

ご清聴ありがとうございましたと言って、湯村がぺこりと頭を下げた。小さな会議室は、大きな拍手に包まれた。

拍手しながら、わたしは本気で感心していた。湯村が今の進路を決めたのは、大学院修士課程時代だ。つまり二十三歳か二十四歳。その若さで、よく将来に備えて我慢する道を選べたものだ。

今後、日本だけではなく全世界が高齢化社会を迎える。高齢化先進国である日本が、その解を用意した。これから各国が、先を争って湯村のロボットを導入するだろう。ロボット技術で世界を変える。湯村はまさしく夢を叶えたのだ。

あらためて湯村の顔を見る。学生時代の湯村は、どちらかといえば大人しい方だった。場を仕切るのが得意な広川や、少年の頃の夢を純粋に追い続けている島野、フルマラソンを全力疾走《しっそう》しかねない神山と並ぶと、影の薄い印象さえあった。

だから、桜子が湯村と結婚すると聞いて驚いたのだ。桜子こそ、自ら積極的に行動するタイプだ。自分の意見をはっきりと主張できるし、弁も立つ。失礼ながら平凡な顔だちの湯村と美女の桜子とでは、並んでいても収まりがよくない。結婚生活はうまくいくのだろうか。少なくとも尻《しり》に敷《し》かれることは間違いない。他人事《ひとごと》ながらそんな心配をしていた。

しかし杞憂だった。今の湯村は、誰よりも輝いている。

広川が立ち上がった。

「湯村くん、ありがとうございました。講演の時間配分もぴったりで、幹事としてはありがたいかぎりです」

広川は出入口の方を指し示した。

「それでは、懇親会に移りたいと思います。会場は二階の洋食レストランです。個室を予約してありますので、真鍋先生、世良さん、いくら大声を出しても大丈夫です」

珠里が仏頂面をした。「そんなに騒がないって。もういい大人なんだから」

その声が大きかったから、笑いが起きる。

「プロジェクターとコーヒーセットはそのままにしておいていいそうですから、みなさんは自分の荷物だけ持って移動してください」

広川が説明している間に、湯村がノートパソコンを片付けた。

「バッグだけ、部屋に置いてくるよ」

「はい」桜子がカードキーを差し出す。「四〇五号室だよ」

「オーケー」キーを受け取り、先に出入口に向かう。「それじゃあ、すぐに行くから」

湯村が先に会議室を出て、他の仲間たちが続く。広川が真鍋先生をエレベーターホールに案内しようとしたけれど、「一階分だけだから」と先生は階段を使った。まだ足腰はしっかりしているようだ。

「いい感じの個室じゃないの」珠里がぐるりと室内を見回して言った。「窓から河口湖も一望できるし」

部屋の中央には長テーブルが設置されている。皿やナプキンの配置から、片側に五人ずつ座るようになっているようだ。短辺の方、いわゆるお誕生日席はセッティングされていない。

島野も室内を見回した。こちらはどちらかといえば、従業員がいないことを確認するのが目的だったようだ。

「そうだね。内装やテーブルは簡素だけど」

いい点でなく悪い点に目を向ける大人臭い発言に、瑠奈が眉間にしわを寄せた。

「いいんじゃない？　別に貧相なわけじゃないし。料理がおいしければ、それで十分」

「それは安心してくれ」広川が胸を張った。「前に嫁と来たことがあるんだ。そのとき食べたコースを予約してるから、味は保証する」

「おいおい」神山が目を見開いた。「専務様が食べるコースなんて、お高いんじゃないのか？」

「大丈夫だって」広川が手をひらひらさせた。「食事代と宿泊費込みの料金は、連絡してあるだろう」

「ああ、そうか」神山が瞬《まばた》きした。「すまん。くだらないことを言った」

「なんの。でも飲み放題じゃないから、酒は飲んだ分だけ追加で割り勘《わかん》だ。自己責任で飲んでくれ」

「あちゃあ」わたしが大げさに天を仰いだ。「今年は、優佳がいるよ。危ないかも」

「えっ？」桜子がまじまじと優佳を見た。「碓氷ちゃんって、飲む人なんだ」

「そりゃそうだよ。お姉さんが大学時代、サークルのアル中分科会に入ってたくらいだから」

「また、昔のことを」優佳が苦笑する。「そんな、財布を空《から》にするようなことはいたしません」

「でも、飲むと」

「うん」

優佳が即答して、また笑いが起きた。

「ほどほどにしといてくれよ」広川がぱたぱたと手を振った。「先生はすぐ寝ちゃうんだから。今までだって、だいたい二次会の途中でうとうとしてただろう」

「あ、そうなんだ」優佳が目を大きくした。「じゃあ、手加減しなきゃ」

おいおいとつっこもうとしたとき「こちらでございます」という従業員の声と共に、湯村が入ってきた。

「おう、こっちこっち」

広川が、上座にあたる奥の方を指し示した。テーブルの中央に座らせる。

「ほら、神山くんも来なよ」

桜子が手招きして、神山を湯村の左隣に座らせた。「先生も」

真鍋先生を神山の左隣に誘った。

そうか。湯村の成功を最もやっかみそうな神山を湯村の隣に座らせることで、神山の気持ちをときほぐそうとしているのか。さらに隣に真鍋先生を配置したのは、先生が傍にいると神山が安心すると考えたからか。さすが気の利く奥さんだ。

桜子自身は、夫の右隣に座る。それで上座の四席が埋まった。残る一席、桜子の右隣には珠里が座ることになった。男女のバランスを考えた布陣《ふじん》なのかもしれないけれど、広川が「未来の議員様は、やはり上座に」と余計なことを言ったものだから、珠里にどつかれていた。

対面の下座には、最も出入口に近い席、珠里の向かいに幹事の広川が座り、わたし、優佳、島野、瑠奈という並びになった。優佳という十五年ぶりに現れた友人を主役の正面に座らせたのは、幹事の配慮だろう。

「全員揃《そろ》いました」

広川が、湯村を連れてきた従業員に声をかけた。「始めてください」

「かしこまりました。先にお飲み物をお伺《うかが》いいたします」

広川がドリンクメニューを片手に、出席者に声をかける。「どうする？　ビール以外の人、いる？」

　誰も手を挙げなかったから、ビールを注文した。従業員がいったん下がる。すぐにビールを持って現れた。瓶《びん》ビールとグラスだ。ジョッキでないのは、コース料理にはその方が雰囲気に合うからだろうか。

　真鍋先生の隣に座る神山が、真っ先にビール瓶を取って、先生のグラスに注いだ。

「おう、ありがとう」先生は礼を言って、今度は自ら主役夫妻にビールを注いだ。

「みんな、ビールを確保しましたか？　じゃあ、始めましょう。湯村くん。日本ベンチャー大賞受賞おめでとう！」

　おめでとう、と全員で唱和《しょうわ》して乾杯した。

　グラスを触れ合わせながら、そっと周囲を見回した。仲間たちの反応を確認する。彼らは、仲間の成功をどう見ているのだろうか。

　優佳は、感心することしきり、という顔をしている。この場に最もふさわしい表情。

　といっても、内心でも同じだろう。自覚の有無にかかわらず、優佳は他人に興味がない。興味がないからこそ、純粋な意味で賞賛できる。

　桜子は普段どおりの顔だった。

妻として仕事ぶりをずっと見てきたわけだし、受賞自体は数カ月前のことだ。今さら感動もないだろう。反対に、顔を見るかぎり、内助の功で受賞させてやったんだという考えもなさそうだ。美女がおすまし顔をしていると、妻というよりも秘書のようだ。

広川は満面の笑みだった。どこにも邪念はなさそうに見える。

予備校で出会ったときから、彼は父親の会社を継《つ》ぐと明言していた。小さな会社だけれど、従業員全員が幸せになれる会社にするのが、広川の夢だった。広川にはわたしたちのような、明確な夢の着地点がない。いわば会社を順調に回し続けることこそが夢だ。現在は専務だし、業績も本人曰《いわ》く「少なくとも倒産はしていない」ようだから、うまくいっていると思われる。友人に嫉妬《しっと》する理由はないのだろう。

島野は、賞賛の笑みを浮かべているけれど、その表情は、まるで親戚の伯父さんのようだ。

それもそうだろうか。自分は早々と夢を捨てて安定を選んだ。ずっと後になって夢を叶えた友人など、甥《おい》っ子みたいなものなのかもしれない。

瑠奈は、はっきりと羨望《せんぼう》の表情を浮かべていた。

本人が言っていたように、大学で研究を続けるためには、いかにして研究資金を確保するかが重要だ。文部科学省の科研費や企業からの研究費が主な資金源だけれど、簡単には集まらない。上司である教授の知名度や政治力にも大きく影響される。

自分が資金不足から夢を絶たれそうなのに、湯村は会社の資金で——大学の研究者の感覚では、企業の資金は無尽蔵《むじんぞう》に見える——夢を実現させた。日本という国では、チャレンジにはなかなか資金が集まらないくせに、一度成功してしまうと、今度は資金なんて要《い》らないと言っても集まってくる。羨望や嫉妬を抱くのは、仕方がない。

珠里は真剣な顔をしていた。友人の成功を祝っているのではなく、かといって妬《ねた》ましさを感じているわけでもない。ただ、真剣に何かを考えているように見える。

珠里の立ち位置は、微妙だ。夢に向かって一直線なわけではなく、かといって夢を捨てたわけでもない。いわば、ウォーミングアップを続けていて、試合のピッチに立っていない状態だ。監督は自分だから、いつでも試合に出られる。けれど出てしまえば、後には引けない。結果を出さなければならなくなるのだ。一方、試合に出なければ結果を出す可能性が失われる代わりに、決して悪くない今の状態をキープできる。

今までの彼女は、後者に傾いていた。しかし、背中を押す存在が現れた。忘れかけていた、あるいは忘れようとしていた夢を、むき出しの状態で見せつけた仲間が。

——自分は、どうする？

珠里は、必死になって自分に問いかけているのではないだろうか。そして必死になって、答えを見つけようとしている。だからこその、真剣な表情なのだろうか。

神山はどうか。夢を失いかけているという点では、瑠奈よりもはるかに深刻な状態だ。

勤務先が、落ち着いて研究を続けられる状態ではなくなっている。単独での経営再建を行うにせよ、大手の傘下《さんか》に入るにせよ、事業の再構築は避けて通れない。現在取り組んでいる、長期的視点からの研究開発が続けられる保証は、どこにもないのだ。すぐに成果が出るわけではないテーマを研究していたから、外見上は成果を出していない。しかも、すでに三十代半ば。他社に移って研究を続けようにも、成果を上げていない研究員を雇《やと》ってくれる可能性は、あまり高くない。

もちろん、今のまま研究を続けられる可能性もある。湯村の社内ベンチャー制度と同じで、将来の収益を考えたら、短期間で製品化できる研究テーマしか残さないのは危険だ。大手に買収されるにしても、城東製薬は研究開発が売りの企業だ。研究テーマごと神山も買い取られることだって、十分に考えられる。

しかし、とわたしは思う。後者の楽観論は、他人事だからこそ持ち得るものだ。大混乱に陥《おちい》っている社内では、様々な噂《うわさ》が飛び交《か》っていることだろう。それも、悪い噂ばかり。自分だけは大丈夫などと、考えられるわけがない。そんな状況下で、友人の成功体験を耳にした気持ちは、いったいどのようなものなのだろうか。

神山は、無表情だった。

しかしそれは、欠落による無表情ではない。彼の中には、もっと膨大《ぼうだい》な感情が秘められている。それが顔に出ていない。意志の力で感情を抑えたというものではない。出口に引っかかって出られない。そんな印象を受ける神山の反応だった。

各人各様の反応は見せているものの、少なくともはっきりと湯村の成功を苦々しく思っている者はいない。

コースは、富士山の溶岩プレートを使った牛ステーキをメインにした、見事なものだ。幹事の広川が場を盛り上げ、真鍋先生が穏やかに受け答えしてくれることもあって、和《なご》やかな雰囲気の中、宴《うたげ》は進んでいった。

「それにしても、湯村くんが商社に入ったときは、本当に驚いたなあ」

赤ワインのグラスを回しながら、瑠奈が言った。「そんな深謀遠慮《しんぼうえんりょ》があるとは知らなかったから」

「そうだ、そうだ」

島野が追随《ついずい》した。すでに全員がビールから赤ワインに変えている。酔いが顔に出やすい島野は、すでに真っ赤になっている。

「脱落者第二号として歓迎してたのに、裏切られた気分だ」

「まあね」湯村も赤ワインを飲み干して答える。「さっき説明したことに嘘《うそ》はないけど、失敗したら格好悪いから、みんなには、そこまで話してなかった」

「大庭ちゃんにも？」

優佳がボトルを取って、湯村のグラスに赤ワインを注ぐ。

「いや、わたしは聞いてたよ」桜子が即答した。

「反対しなかったの？」

珠里の問いかけに、桜子はニッと笑った。

「成功したらめでたいし、失敗しても大手商社の安定した生活を得られるんだから、どっちに転んでも問題ないでしょ」

「そこまで計算して結婚したの？」

「うん」

即答に、珠里がのけぞった。もちろん冗談だ。夫のために自分の夢を捨てるのは、易《やさ》しい決断ではなかっただろう。単なる打算で夢を捨てられるわけがない。世界を相手にビジネスをする。

それが大庭桜子の夢だった。それだけならば、ただの夢多き高校生だ。しかし桜子の場合は、もっと具体的だった。彼女は将来の農業自由化を睨んで、日本産の優れた農産物を世界中に販売する仕事をしたかったのだ。

そのために大学では農学部で農産物についての専門知識を身につけ、大学院は経済学部か商学部で輸出入ビジネスについて学ぶ。食料の取引に強い商社に入社して、国の規制改革のタイミングで勝負に出る。それが高校三年生女子が描いた将来像だった。

大学、大学院、就職と順調に進んでいたその道筋は、あるとき絶たれた。湯村と結婚したからだ。一人っ子だった湯村の両親は、桜子に早く子供を産むことを望んだ。夢と家庭のどちらかを選べと言われて、桜子は家庭を選んだ。深夜残業続きの職場で、精神的に疲労していたのかもしれない。希望して残業と海外出張のない部署に異動して、夫のフォローに努めた。まだ子宝には恵まれていないものの、充実した毎日を過ごしていると、一昨年の同窓会では話していた。結婚前の疲れきった桜子を見ている側からすれば、過重労働から解放されてよかったと安堵したものだった。

「とはいえ、焦《あせ》りはあったよ」

湯村が、昔に思いを馳《は》せる顔になっていた。

「新入社員の提案が通るほど、会社は甘くないからね。与えられた仕事を地道にこなして信用を獲得しないと、話を聞いてもらえない。挑戦権を得たところで、企画が通るとはかぎらない。桜子が言ったように、いち商社マンで人生を終える可能性だってあった。正直、怖かった。神山や福永さん、上杉さんは、しっかりあの頃の夢に向かってたから。正直、うらやましかった」

ぴくり、と神山の頰が震えた。

「お前、俺のことをうらやましいと思ってたのか」

「そりゃ、そうだよ」

湯村が優しい目で友人を見つめた。「さっきも言ったとおり、元々は自分自身のせいだ。俺が研究者としてもっと優秀だったら、こんな選択をせずに済んだわけだから。研究者にならずに夢を叶えようとしたから、こんな回り道をする羽目《はめ》になった。神山の方が、王道を進んでいるよ」

「そうか」

神山の返事は短かったけれど、内面の変化は大きかった。ふっと力が抜けたのだ。現れたときから感じていた、張り詰めた雰囲気が緩《ゆる》んだ。

わかる気がする。成功した友人から、お前は正しいと言われたのだ。今は苦境に陥っていた。それだって自分の責任ではない。夢にかけた半生は、決して間違っていなかった。あらためてそう実感したのだろう。もしこれをきっかけに、神山が再び前向きになれるのなら、それだけでも今日の同窓会には意義があったと思えた。

「そうは言ってもね」瑠奈が赤ワインを呷《あお》った。「そりゃあ、わたしらは、最短距離を選んだよ。でも結果的に、成功したのは湯村くんじゃんか」

「競争する必要はないでしょ」

優佳が割って入った。「半分は自己弁護なんだけど、分野によって実現させやすいかどうかは違うわけだから。ロボット研究が実現させやすいと言うつもりはないよ。他の人ならもっと時間がかかっていたのを、湯村くんの手腕で早期に実現させた。それは素直にすごいと思う。でも、だからといって、わたしたちが焦る必要はないんじゃないかな」

「碓氷さんの言うとおりだね」

真鍋先生が柔和な表情でうなずく。「大切なのは、ぶれないことだ。回り道しているように見えても、ぶれていなければ心配ない」

「そうですけど」桜子がボトルを取り、空いている神山のグラスに赤ワインを注いでやった。神山が桜子からボトルを受け取り、湯村夫妻にワインを注ぎ返す。柔《やわ》らかな表情に、柔らかな動作。

「ありがと」

桜子が礼を言ってから続けた。

「こっちは、相当悩んだんですから。この旦那ときたら、ずっと『俺はもうダメだ。後は失意の余生を送るだけだ』って、延々《えんえん》わたしに愚痴ってたんですよ。まだ二十代前半だったのに。先生のアドバイスがなかったら、いったいどうなっていたことやら」

神山の表情が止まった。「――え?」

真鍋先生が頭を掻いた。

「それほどたいしたことを言ったつもりじゃなかったんだけど。結果的に役に立ってよかった」

「っていうと?」珠里が身を乗り出した。「先生、何を言ったんですか?」

「いやね」真鍋先生がワインを飲んだ。「湯村くんが大学院生の頃に、相談に来たんだよ。深刻な顔をして『自分は夢を実現できない』って。だから決してあきらめる必要はないって言ったんだ。作る方の望みが薄ければ、使う方に回ればいいと。技術は、それだけでは社会に奉仕しない。優れた利用者がいてこそ、技術は生きる。ロボット技術で世界を変えたいのなら、むしろ活用にこそ、夢の本質があると」

レストランの個室が静かになった。誰もが、真剣な顔で真鍋先生の話を聞いている。

「その際、社内ベンチャー制度のある企業をいくつか紹介もした。元通産省の役人として、多少の知識はあったからね。磯子商事がそこに入っていたかは憶えてないけど」

「入ってました」湯村が即答した。「だから私は、迷いなく回り道できたんです」

先生が象のように優しい目をした。

「そう言ってくれると、講師冥利《みょうり》に尽きるね」

「本当にありがとうございました」桜子があらためて頭を下げた。「あくまで社内ベンチャーですから、起業して大もうけしたわけじゃありません。でも、夢を実現させたという達成感は、何物にも代えられないものです。この人は今、最高の人生を送っています。なにもかも、先生のご助言のおかげです」

そうか。講演を聴いていたときから、湯村の打つ手が妙に老成していると感じていた。真鍋先生の助言があったからなのか。

いい助言をもらってよかったね——そう思いかけたとき、妙に心が騒いだ。なんだ？　なぜ心が騒ぐ？

ひゅっ、と高い音が聞こえた。誰かが息を呑《の》む音。すぐ近くから。隣に座る優佳が、目を見開いていた。

「ダメっ！」

優佳が叫ぶのと、神山が立ち上がるのは同時だった。立ち上がりざま、右手にワインボトルを握っていた。

不気味なうなり声を上げながら、テニスのバックハンドのように、ワインボトルを振り下ろした。鈍《にぶ》い音がして、真鍋先生がテーブルに突《つ》っ伏《ぷ》した。

第三章　予想できた者

レストランの個室は凍りついていた。

わたしもまた、冷凍されたように動けないでいる。

いったい何が起きた？

神山が、真鍋先生を殴《なぐ》った。ワインボトルで。

目は捉えていた。脳もきちんと情報を受け取っている。しかし理性が処理しきれていない。だから、動けない。

いち早く、優佳が立ち上がった。テーブルを回り込む。その動きが、わたしを覚醒《かくせい》させた。いけない。研究医とはいえ、この場で医学を修めているのは、わたしだけだ。すぐさま立ち上がって優佳を追う。しかし手前で急ブレーキをかけた。優佳が立ち止まったからだ。傍《かたわ》らには、まだワインボトルを持ったままの神山が立っている。近づけない。

「先生っ！」

優佳が大声で呼びかけた。真鍋先生は反応しない。反応したのは神山だった。虚《うつ》ろだった表情に、意志の光が戻った。手に持ったワインボトルを見る。「わわっ！」と叫んで放り出した。真鍋先生を見る。先生は動かない。神山の顔が引きつった。

「せんせいっ！　まなべせんせいっ！」

神山が身体をつかんで揺する。

「どいてっ！」

わたしは全力で神山を突き飛ばした。真鍋先生の右横に立つ。

真鍋先生は、頭を殴られた。それはわかる。しかし頭のどこを殴られたかが重要だ。咄嗟《とっさ》のことで、動きを正確に目で追えなかった。どこを殴られた？

出血はしていない。手を身体の下から回して、口元にかざす。空気の流れを感じない。呼吸をしていないのだ。首筋に手を当てる。頸動脈《けいどうみゃく》に、血液の流れが感じられない。

ひょっとして。

真鍋先生の後頭部を見る。出血はないが、白髪の一部に黒っぽい汚れが付いている。赤ワインだ。ボトルから注ぐときにこぼれてボトルの外側を伝ったワインが、殴られたときに白髪に付いたのだ。

やはり、小脳か。小脳は運動機能を司《つかさど》っている。ここをやられると、呼吸中枢《ちゅうすう》が破壊される。神山は、先生の後頭部を斜め上から打ち下ろす形で殴った。小脳や延《えん》髄《ずい》にダメージを与えた可能性が高い。

その頃には、神山を除く全員が周囲を取り囲んでいた。

「みんな、手伝って。先生を寝かせるの」

広川と島野が先生の左右に立ち、身体《からだ》を起こした。そっと床に横たえる。

「頭をのけぞらせるようにして、気道を確保して」

先生の靴を脱がせて、肩の下に敷いた。そうやって頭をのけぞらせる空間を作り、ナプキンを重ねて、床に接地する頭頂部の下に敷いた。

心臓を確認する。やはり動いていない。絶望が精神を侵蝕《しんしょく》していく中、それでも気力を振り絞《しぼ》る。先生にまたがり、心臓マッサージを始めた。同時に、優佳が個室を飛び出していった。ホテルの従業員に、救急車を呼んでもらうのだろうか。この場でスマートフォンで通報した方が早い気もするけれど。まあいい。わたしは先生に集中しよう。

優佳が従業員を連れて戻ってきた。AED——自動体外式除細動器を抱えている。そうか。従業員のところに行ったのは、AEDを持ってきてもらうためだったのか。さすがは優佳だ。抜かりがない。AEDを受け取る。パッドを右胸と左脇腹に当てる。ショック。どうか。呼吸は戻らない。心臓マッサージを続ける。

「代わろう」

わたしの息が切れてきたのを見て、広川が声をかけてきた。心臓マッサージは、かなりの重労働なのだ。

「お願い」

広川が通っていた横浜学院高校は、海洋実習が充実していることで知られている。そのため生徒全員がライフセービングの技術を身につけるのだと、広川本人から聞いたことがある。とっくにさび付いた技術かもしれないけれど、経験がないより、ずっといい。真鍋先生の上からどいて、広川に交代する。二、三のアドバイスで、すぐに的確な位置に心臓マッサージができるようになった。さすがは、昔取った杵柄《きねづか》。

肩で息をしながら、友人たちの様子を窺《うかが》った。

瑠奈は涙目になって、ただおろおろしている。

珠里は心臓マッサージの邪魔にならないように真鍋先生の傍にしゃがんで、先生の右手をさすっていた。

優佳は眉間にしわを寄せて、真鍋先生の様子を見守っている。

島野は引きつった顔で「先生、先生」と呼びかけ続けている。

湯村は口を半開きにして、ただ突っ立っていた。

桜子は、非難するように厳しい視線を部屋の隅《すみ》に向けていた。つられて視線の先を見ると、神山がへたり込んでいた。壁に背中をつけて、両膝《ひざ》に顔を埋《うず》めて泣いている。

何分続けただろう。救急隊が到着した。いや、救急隊だけではない。見覚えのある制服がついてきていた。警察だ。

真鍋先生がストレッチャーに載せられて運ばれていく。代表して、広川がついていった。残されたのはトーエンのメンバー八人と、警察官。

警察が来るのは当然だ。神山が真鍋先生を殴り、先生は重傷——今はその表現に留めておく——を負ったのだから。救急車を呼ぶときに、優佳はその理由を告げたはずだ。正確に告げたのなら、消防署は当然警察に連絡する。

警察官が神山に声をかける。いくつかのやりとり。神山がよろめきながら立ち上がる。二人の警察官に挟まれるようにして、部屋を出て行った。仲間がそこにいることなど、忘れてしまったかのような仕草。

いや、本当に忘れてしまっているのかもしれない。今、彼の頭の中には、真鍋先生しかいない。

わたしたちも、順番に事情聴取を受けた。自分の素性。ここに来た理由。他の参加者との関係。そして神山と真鍋先生について。

途中で広川から電話がかかってきた。

『真鍋先生が、亡くなった』

ぐったりしている。

河口湖畔のホテル。広川の部屋に、わたしたちは集まっていた。

広川中。

湯村勝治。

湯村――旧姓大庭――桜子。

福永瑠奈。

島野智哉。

中鶴――旧姓世良――珠里。

碓氷優佳。

そしてわたし、武田――旧姓上杉――小春。

神山裕樹が恩師である真鍋宏典先生を殺害した。わたしたちは警察による事情聴取を受けた後、解放された。救急車に同乗した広川も、先生の家族が病院に到着すると、ホテルに戻って事情聴取を受けた。

警察は、それほどしつこくなかった。何が起きたのかははっきりしていたし、各人の証言に矛盾《むじゅん》が生じるはずもない。それでもすべて終了したときには、午後十一時になっていた。

本音を言えば、事件の起こったホテルなどさっさと引き払って、家に帰りたい。けれどここまで車を運転して連れてきてもらった優佳は、夕食に酒を飲んでしまった。タクシーで駅まで行こうと思っても、終電はとっくに終わっている。実家までタクシーを使ったら、さすがに料金がかかりすぎる。予定どおり、今晩はホテルに宿泊するしかない。

『迎えに行こうか？』

夫に電話をかけて、事件に巻き込まれたことを報告したら、心配してそう言ってくれた。気持ちは嬉しかったけれど、いくらなんでもこの時間帯に、つくば市から河口湖まで来させるわけにもいかない。それに、疲労のため動きたくないというのも、また本音だった。

「ホテルから追い出されないだけ、よしとしよう」

島野がそう言った。そのとおりだ。観光地のホテル内で、殺人事件が起きたのだ。警察とマスコミが大挙して押し寄せてきて、ホテルは騒然となった。従業員は対応に追われたし、他の宿泊客にも迷惑をかけた。事件のあったレストランの個室はしばらく使えないだろう。何よりも、殺人事件の起きたホテルとして、ブランドに傷がついたことが大きい。

決して小さくない損害を与えたのだ。ホテルとしては、関係者には出ていってもらいたいと考えるのが自然だ。とはいえ、自分たちはたまたまその場に居合わせただけで、実際に犯行に及んだのは神山一人だ。法的には無関係のわたしたちを、追い出すわけにもいかないのだろう。逆にわたしたちから訴訟を起こされるリスクもある。おかげで、疲労困憊《こんぱい》の身を置く場所を確保できた。

広川の部屋は少し広かった。元々二次会を広川の部屋で開催する計画で、そのためにあえて広い部屋を取ったのだそうだ。過去の同窓会でも、広川は同じことをやっていた。

客室はベッドが二つのツインルームに、六畳《じょう》の和室がついている。わたしたちは和室の方に集まっていた。

誰もが黙っていた。あまりにも唐突に起きた事件。それがもたらした、深刻な結果。理性が受け止めきれない。今一人になると、制御しきれない雑念が脳を駆《か》け回って、おかしくなってしまいそうだ。だからみんなと一緒にいる。全員が同じ気持ちだったらしく、かつて相互に協力し合った仲間たちは、今夜もお互いがお互いを支え合っている。

「飲むか？」

長い沈黙の後、広川が口を開いた。「二次会用に、それなりの量を買ってるけど」

部屋の隅を指し示す。大型のクーラーボックスが置かれていた。見覚えがある。泊まりがけで同窓会を行うとき、広川がビールを冷やすために持参しているものだ。その脇には、段ボール箱。中は見えないけれど、ビールの後に飲む酒が入っているのだろう。

「さすが幹事。準備がいいね」

珠里が気怠《けだる》げに褒《ほ》めた。表情も澱《よど》んでいる。児童たちには決して見せない顔。

「でも今は、コーヒーの方がいい」

「ルームサービスを頼む勇気はないな」

広川が答え、全員が無言で同意した。迷惑をかけた立場だから、極力ホテルの従業員と顔を合わせたくない。

「一階に自動販売機があったから、買ってくる」

広川が立ち上がる。立とうとする仲間たちを制して、島野と二人で部屋を出た。それぞれが缶コーヒーを四本ずつ持って戻ってくる。さすがにこの季節だから、ホットはない。砂糖とミルク入り、微糖、ブラックと様々な種類を買ってきてくれた。礼を言って、ブラックの缶を受け取る。プルタブを開けて、ひと口飲む。冷たい苦みが心地よかった。

「神山くんは、なんで、あんなことを……」

珠里がため息交じりに言った。「あんなに、真鍋先生を慕っていたのに」

「わからん」広川が頭を振った。「今日だって、とても先生を恨《うら》んでいるようには見えなかった」

そのとおりだ。神山には生気《せいき》が感じられなかったが、真鍋先生と話しているときは表情が柔らかかった。でも、それは参考にならないのではないか。わたしは思いつきを口にしてみた。

「恨みが募《つの》って、というわけじゃないかもしれない」

全員の視線がわたしに集まる。わたしは頭の中で整理しながら話を続けた。

「発作的な行動に見えた。何の前触れもなく立ち上がって、ワインボトルを握って殴った。それに、殴った後も、自分が何をやったか、わかっていなかった。優佳の声で我に返ったら、自分がワインボトルを握っていることにはじめて気づいたようだった。慌《あわ》てて放り出したことからも、それは明らか。それから先生に呼びかけながら、肩をつかんで揺すった。憎しみの果ての犯行なら、そんなことはしない。わたしたちが救命作業を行っている最中も、子供のように泣いてた。カッとなってという表現が正しいのかどうかわからないけど、少なくとも計画的犯行じゃないと思う」

説明しながら、不思議な感覚が脳を通り過ぎた。

そうだ。神山が真鍋先生を殴る直前、心が騒いだのだ。いい話を聞いていたのに、なぜ心が騒いだのか。

それだけではない。神山が立ち上がると同時に、優佳が叫んだのだ。ダメ、と。なぜ？

わたしは優佳に顔を向けた。

「ねえ。あのときダメって言ったよね」

この質問が来るのを予想していたのだろう。優佳は小さくうなずいた。

「まずいと思ったから」

客室がざわついた。

「まずいって、どうして？」

島野が尋ねた。おそるおそるといったふうに。優佳は市役所職員を見つめた。

「真鍋先生のアドバイスで、湯村くんが成功したって話の流れになったから。先生のすぐ隣には、先生のアドバイスによって苦境に立たされている人間がいたのに」

広川が唾《つば》を飲み込んだ。「神山……」

優佳がまたうなずく。

「そう。先生は、二人の教え子にアドバイスを与えた。その結果一人は成功して、一人は失敗した。失敗した方は、どう思うんだろうね」

がちゃり、と歯車が嚙《か》み合って回りだしたような印象があった。優佳の指摘が、あのときの心のざわつきを正確に言い表していたからだ。そうだ。真鍋先生の発言には、危《あや》うさがあった。わたしは無意識のうちにそれを感じ取った。しかし自覚はできなかった。発言の持つ意味を正確に理解していたのは、優佳の方だった。

「そ、そんな」瑠奈がつっかえながら反論する。「アドバイスでうまくいっていたのは、元々は神山くんの方じゃない。さっきも誰かが言ってたけど、夢に向かって一直線。先生のおかげで、迷いなく最短距離を進むことができてた。つまずいたのって、つい最近のことだよ。先生のアドバイスのおかげで遠回りしたのは、むしろ湯村くんだった。結果的には急がば回れだったけど、先生のアドバイスを恨むのは、本来湯村くんの方――」

「理屈ではね」珠里が遮《さえぎ》った。「問題は事実じゃない。あの瞬間に、神山くんがどう思ったかなんだよ。碓氷ちゃんが言いたいのも、それ」

珠里が優佳に向かって「でしょ？」と確認した。優佳が哀《かな》しげな顔で肯定を表す。

「湯村くんに与えたアドバイスを聞いて、そちらの方が素晴らしいものだと考えてしまった。隣の芝生《しばふ》は青く見えるし、何より成功したという事実がある。自分は先生にぞんざいに扱われた失敗者だ。反射的に、そう考えたんじゃないのかな。先生を殴る直前、神山くんの全身に力が入ったのがわかった。だから、まずいと思ったんだ」

優佳が口を閉ざすと、少しの間、誰も口を開かなかった。

ため息が聞こえた。広川だ。

「神山は、自分の苦境の原因を、先生のアドバイスに求めたのか……」

広川は十五年ぶりに会った友人を見つめた。

「すごいな。あのとき、そこまで考えていたのか。俺は、まったく気づかなかった」

広川の賞賛に、優佳は顔をしかめた。

「防げなかったんだから、何の意味もないけどね」

結果論としては、そのとおりだ。でもそれは、優佳がたまたま先生や神山と反対側の席に座っていたからだ。もし優佳が神山の隣に座っていたら、立ち上がる寸前に肩に手を当てられたかもしれない。たったそれだけの行為で、神山は理性を取り戻していたのではないか。しかし、現実はそうではなかった。仕方がなかったのだ。湯村夫妻は、ずっと黙っていた。湯村が缶コーヒーを飲み干して、空き缶を畳《たたみ》の上に置いた。「俺の、せいかな」

桜子がきゅっと唇《くちびる》を噛みしめる。

「そんなこと、ないよ」

珠里が強い口調で言った。「湯村くんは勝ち誇《ほこ》ったりしてなかったでしょ。神山くんを見下してたわけでもない。成功したこと自体が原因って論法もあるかもしれないけど、そんなのに責任を負えるわけがない」

湯村が泣き笑いのような表情を浮かべた。少なくとも、講演していたときのような、自信に満ちあふれた様子は、そこにはない。昔の、大人しい湯村に戻ってしまったかのようだった。

湯村は、真鍋先生のアドバイスに従うことによって成功した。誰よりも、湯村本人にその自覚があったのかもしれない。だから成功した今になっても、真鍋先生は湯村にとっての灯台《とうだい》だった。その灯《あかり》がいきなり消えてしまったのだ。湯村は今、精神的な迷子になっているのではないのか。そう解釈するしか他にない、湯村の変貌《へんぼう》だった。

「俺も、そう思う」

島野が顔を赤くした。「湯村には、何の責任もない。こんなことは言いたくないけど、一方的に神山が悪いんじゃないか。先生は亡くなったんだ。ご家族のお気持ちを考えれば、同情すべきじゃないと思う。神山に感情移入したら、その時点で同罪だ」

正義感半分、保身半分といった科白だ。島野が意識して発言したのかどうかはわからないけれど、自分に言い聞かせているかのような、断定的な口調だった。

「それでも、神山くんを責めたくない」

瑠奈が独《ひと》り言のように言って、また沈黙が落ちた。

瑠奈の気持ちはわかる。大学進学後、仲間たちはそれぞれの道に別れていった。

進学と同時につき合いがなくなった優佳、親の会社を継ぐことになっていた広川、出会った時点でマンガ家デビューがほぼ決まっていた千早は、純粋に夢を追うメンバーとは違う扱いだった。だから彼らの成功を祈る一方、その動向はあまり気にならなかった。優佳に至っては、その存在すら忘れられていた。

残るメンバーのうち、公務員試験を受けた島野が、最初に脱落した。大学院を修了して商社に入社した湯村も、当時の感覚では脱落したと受け止められた。その湯村と結婚して、海外に出る夢を捨てた桜子も。

一方、大学に残った瑠奈、製薬会社の研究職になった神山、国の研究機関に職を得たわたしは、高校生時代の夢を未《いま》だに追いかけている現役だった。瑠奈の感覚では、自分たち三人だけが、夢を追い続ける権利を持ち続けていたのだ。

それなのに、脱落したはずの湯村が、突然成功者として脚光を浴びた。友人の成功をめでたいと思う反面、出し抜かれたという意識もあっただろう。だからこそ、より強い仲間意識を持っていた神山を断罪しづらいのだ。

では、わたしはどうか。わたしもまた、瑠奈と同じ状況に置かれている。いや、医学と薬学という近い分野に身を置いていた分、より神山に親近感を抱いていた。

自分の心を探る。自分は現在、神山に対してどのような気持ちでいるのか。とんでもないことをしやがってという、怒りの気持ちはある。真鍋先生は、わたしの恩師でもある。その恩師を殺害してしまった以上、許すことはできない。しかし神山に対する純粋な憎悪《ぞうお》が湧《わ》いてこない。瑠奈と同様に、仲間意識からなのか。

そうではない気がする。何かが引っかかっていて、意識が神山に向かない。神山が真鍋先生を殴る直前に感じた胸騒《むなさわ》ぎは、優佳が解き明かしたのに。わたしは、いったい何に引っかかっているのか。

瑠奈も缶コーヒーを飲み干した。

「言葉が足りなかった。湯村くんが悪いと言ってるわけじゃないからね。もちろん真鍋先生が悪いわけでもない。悪いのは神山くんだってことは、重々承知してる。ただ、高校からずっと友だちだったんだから、神山くんをすぐに憎めと言われても無理ってだけ」

「そう。湯村は被害者だ」広川が湯村に向き直った。「すまん。俺がこんな企画を立てたばっかりに、迷惑をかけた。こうなるとわかっていたら、神山を呼ばなかったのに」

友人に向かって頭を下げた。桜子が慌てたように手を振る。

「そんな。それこそ、広川くんのせいじゃないよ。あの頃の約束を、広川くんが実現させたんだから。忙しい中、ここまで準備するなんて、広川くんにしかできない。感謝することはあっても、恨むわけがない」

広川がうつむき加減に頭を振った。

「でも、俺が神山を呼んだのは、間違いのない事実だ。むしろ神山には、どうしても参加してもらいたかった。成功した湯村を見て、『よし自分も』と気持ちを新たにしてもらいたかったんだ。そんな思惑《おもわく》で神山に声をかけた以上、俺にも一定の責任がある」

「だから、意味のない反省はやめろって」島野が苛立《いらだ》ったように言った。「よかれと思ってやったことが、裏目に出た。仕方のないことだろうが。繰り返すけど、悪いのは神山一人だ。お前でも、湯村でもない。自分を責めるんじゃなくて、ご家族と一緒になって怒るのが、正しい対処だ」

「神山くんには残酷《ざんこく》だけど、賛成せざるを得ないね」

珠里がコメントした。意識しているのか、口調がサバサバしている。

「同窓会だから、どうしても頭が高校生時代に戻っちゃう。あの頃なら、正義感から自分を責めることもあるでしょう。でも、みんな大人になったんだよ。護《まも》るべきものがある大人に。広川くん。そんなこと言ってて、本当に先生のご遺族から訴訟を起こされたら、どうするのよ。奥さんにもお子さんにも、もちろん会社にも大きな迷惑がかかるでしょう。それを受け入れるの？」

広川は答えなかった。ただ、うつむいていた。女教師は、今度は成功者に顔を向けた。

「湯村くんだって、そう。あんなに頑張って成功を手にしたのに、責任を取ってやめちゃうつもりなの？　ロボット技術で世界どころか、宇宙まで変えようとしてるんでしょ？　せっかく叶えた夢を手放すの？　大庭ちゃんはどうするの？」

矢継《やつ》ぎ早《ばや》の質問に、湯村は対応できない。ただ鼻白《はなじろ》んだようにのけぞっただけだった。

もちろん珠里だって、友人たちを非難するつもりはない。やや口調を柔らかくして続けた。

「大人なんだから、自分の力で解決できないところにまで、責任を感じるのはやめなよ。あんなのを予想して、事前に止めることなんて、できっこないんだから」

その言葉を聞いた途端、ひっかかりが、ぽろりと取れた気がした。

――神山の行動を事前に予想して、事前に止めることなんて、できない。

これだ。そのとおりだと思っていた。優佳ですら、気づいたのは数分の一秒前なのだから。

でも、本当に、誰も予想できなかったのか。一定の条件を満たせば、予想できたのではないか。そんな疑念がひっかかりとなって、考えを先に進められなかったのだ。それは自責の念ではない。できたのではないかという可能性を、脳のどこかが見出《みいだ》している。

きっかけは、優佳の科白だ。

「先生は、二人の教え子にアドバイスを与えた。その結果一人は成功して、一人は失敗した。失敗した方は、どう思うんだろうね」

どう思うんだろうね。優佳のこの言葉は「どう思うか、想像できるよね」と同義だ。つまり、事実関係を事前に把握《はあく》していれば、十分に予想できたのではないか。

この場合の事実関係とは何だ。神山が真鍋先生のアドバイスに従って進路を決めたことは、全員が知っている。では、湯村もまた先生のアドバイスを受けたことを知っていたのは誰だ。真鍋先生、湯村、桜子の三人だ。この三人なら、予想できたのではないか。湯村が先生のアドバイスによって成功したと聞いたとき、神山がどのように感じて、どのような行動に出るかを。

三人のうち、真鍋先生は外す。被害者だからだ。神山に対して責任を感じ、殴られてやろうとするとは、さすがに考えられない。先生の態度や言動からも、神山に対して負い目があるようには見えなかった。では残るは二人。湯村夫妻ということになる。

不意に、真鍋先生の救命措置を行っているときの様子が浮かんだ。

湯村は口を半開きにして、ただ突っ立っていた。

桜子は、非難するような厳しい視線を、神山に向けていた。

そうだ。わたしが無意識のうちにひっかかっていたのは、まさしくこの光景だった。湯村は衝撃のあまり、思考能力を失ってしまったかのようだった。テーブルに突っ伏した先生の身体を起こすときにも手を貸さなかったし、呼びかけることもなかった。彼は、何もできなかったのだ。一方、妻の桜子は、恩師を殴った神山を非難の目で見つめていた。

恩師を殴ったのだから、非難するのは当然だ。しかしあの局面では、真鍋先生の安否が最重要案件だ。誰もが先生を心配していた。それなのに、なぜ桜子だけ神山に意識を向けた？　いや、向けることができた？

肌が粟立《あわだ》った気がした。

桜子は、神山があのような行動に出ることを、前もって予想していたのではないのか。だから驚きも慌てもしなかった。そして予想していながら、神山が真鍋先生を殴るのを放置していた。

バカな。

わたしは心の中で首を振った。あり得ないだろう。そもそも、桜子にそんなことをする理由はないではないか。

真鍋先生は、湯村に的確なアドバイスを与えた。その結果湯村が成功したのだから、単なる恩師という以上の恩義がある。桜子自身が、先生に対してそう言っていた。それなのに、恩を仇《あだ》で返すような行動に出るとは思えない。

神山に対してもそうだ。嫌な言い方だけれど、湯村を勝者、神山を敗者と定義する。勝者は、わざわざ敗者を鞭打《むち》ったりしない。桜子は勝者の側の人間だ。桜子には、神山にダメージを与える必要がない。

——ほら、あり得ない。

——そんなことはない。十分に考えられる。

頭の中で二つの意見が同時に響き、わたしは混乱した。一時的な混乱が収まると、勝っていたのは後者の意見だった。心情的に納得できなくても、研究者の理性が告げている。無視してはならないと。

こっそり周囲を見回した。みんなは気づいていないのか。

広川はしょげかえったようにうつむいている。島野や珠里の意見に正しさは認めていても、自責の念を消すことはできない。そんな様子が見て取れた。つまり、他人の責任にしようとはしていない。彼は、気づいていない。

島野はどうだ。責任を実行犯である神山一人に求めた彼は、他の可能性を疑っていないようだ。まだ煮え切らない広川を、まるで糾弾《きゅうだん》するように見つめている。その目は、疑いを意識的に封印しているようには見えなかった。

島野以上に現実論で説得を試みた珠里はどうか。話は終わったとでもいうように、平静を保っている。現実を直視すれば、ここで終わらせるのが正しいと結論づけた。その割り切りが、教師にとって有用なのか、それとも政治家にとって有用なのかは、わからない。

神山への思い入れから、島野や珠里の意見に賛同できない瑠奈はどうか。珠里と違って、彼女はまだ整理できていない。ただ、混沌《こんとん》の中で右往左往している。

湯村はどうか。情けない表情は、広川のそれに似ている。彼もまた、不要な責任感を抱いている。思考が停滞しているのだ。自分の責任でないことはわかっている。でも、自分の成功が旧友を追い詰めたという自覚がある以上、切り替えられないでいる。彼もまた、事実を疑っていない。

妻の桜子はどうだ。桜子は、無表情だった。他の仲間たちのようにわかりやすくない、完全な無表情。その表情は、何を語っているのか。まったく読めなかった。

わたしは隣に座る優佳を見た。優佳もまた、無表情だった。表情を変えずに、ただ桜子を見つめていた。

自分の顔が強張《こわば》るのがわかった。優佳は、気づいている？

ふうっという吐息《といき》に沈黙が破られた。広川が発したものだ。広川は顔を上げた。

「そうだな。島野や世良さんの言うとおりだ。どんなに後悔したところで、起こってしまったことは、なかったことにはできない。大切なのは、今からどうするか、だった」

「そうだよ」珠里が硬い笑みを作った。「わかってるじゃない。それで、今からどうするの？」

「うん」広川は自分に向かってするようにうなずいた。「まずは、真鍋先生の冥福《めいふく》を祈ることだな。湯村や神山だけじゃない。俺たち全員にとって、先生は恩人だ」

「そうだな」島野も同意する。「正式なお通夜《つや》はまだだけれど、俺たちにとっては、今夜こそが先生を悼《いた》む通夜だ。そうでなければならない」

「お通夜には、献杯《けんぱい》」瑠奈が髪を掻き上げた。「なんだ。結局飲むんだ」

「その方がいいじゃないの」珠里が答える。「神山くんを責めるんじゃなくて、真鍋先生のご冥福を祈る。今夜はそれでいいとしようよ。神山くんのことは、またあらためて考えよう」

そして主役の夫婦に顔を向けた。

「ほら、お二人さんも、そんなしけた顔しちゃダメダメ。せっかくの成功物語が台無しじゃんか。真鍋先生ががっかりしちゃうよ」

しかし湯村夫妻の表情は冴《さ》えない。珠里が不満そうに唇を曲げた。

「そう思う」優佳が横から言った。「余りに突然の出来事だったから、先生は驚く暇もなかった。それどころか、神山くんに殴られたことすら認識できなかったんじゃないかな。最後の瞬間に先生の頭にあったのは、湯村くんの成功を喜ぶ気持ちだったはずだよ」

湯村が瞬きした。「そうかな」

「そうかも」桜子が人差し指をブリッジに当てて、眼鏡の位置を直す。「真鍋先生が最後の最後にそんな気持ちでいてくれたのなら、苦痛や悔《くや》しさを感じることがなかったのなら、少しは恩返しができたのかな」

そして優佳を見た。「碓氷ちゃん、ありがとね」

「なんの」優佳はほんのわずかに笑顔を作った。「本当のことだよ。わたしたちじゃなくて、湯村くんと大庭ちゃんだけにできたこと」

さすがは優佳だ。こんなとき、ストレートに「元気を出せ」と言ったところで、人間の気持ちは上向かない。真鍋先生の気持ちを持ち出すことで、湯村夫妻の心に暖かい火を灯《とも》した。昔から優佳はこのように、人の気持ちを誘導する技術に長《た》けていた。

「よし」広川がぱんと手を打った。「じゃあ、みんな、自分の部屋からグラスを持ってきてくれ」

「お酒って、何があるの？」

珠里の質問に、広川が指を折った。

「ビールと、日本酒と、ワイン」

「ビールと日本酒だけにして」

「承知」

珠里の気持ちを察したらしい広川が即答した。神山はワインボトルで真鍋先生を殴った。ワインボトルを見たくないというのは、同感だ。

各人がグラスを取りに、部屋に戻る。わたしと優佳は隣の部屋だ。わたしは自室に戻ろうとする優佳を、自分の部屋に連れ込んだ。

「ねえ、優佳」

「何？」優佳は問い返してきたけれど、不審げな表情ではなかった。やっぱり、そうか。

「気づいてる？」

「気づいてる？　何に？」

「大庭ちゃん」

それだけ言った。優佳は一瞬目を見開き、すぐに元の表情に戻った。

「小春も、気づいてたの……」

「やっぱり、そうなんだね」

わたしは優佳の腕をつかんだ。「大庭ちゃんは、神山くんが真鍋先生を殴ることを、予想できていた。予想できていながら、放置した」

優佳はすぐに答えなかった。ほんの少しだけ宙を睨んで、視線をこちらに戻した。

「漠然とした疑いってところだね」

言葉を選ぶように答える。「神山くんの行動に、大庭ちゃんの影が見える。それは間違いない。たまたまかもしれない。本当に大庭ちゃんは、わかったうえで黙っていたのかもしれない。でも黙っていたんだとしても、動機がわからない。もっとも、わたしは十五年ぶりの再会だからね。動機がわからないのは仕方がない」

「ほぼ二年に一回会っているわたしにも、わからないよ」

わたしはそう答えた。「で、どうする?」

「気には、なってる」優佳はそう答えた。「大庭ちゃんのことが気になっているのは間違いない」

やはり。優佳は自ら問題を見つけ出し、解を探す。その性分《しょうぶん》は変わっていないようだ。だったら今日も、桜子の意図を解き明かそうとするだろう。

わたしは訊いてみた。あえて軽く。何の気なしにといったふうに。

「それで、解いたらどうするの？」

優佳の答えは素っ気《そっけ》なかった。

「どうもしない。解いたら、それでおしまい」

優佳はわたしの目を覗きこんだ。

「小春も、わたしの性格は知ってるでしょ？」

「………………」

わたしはすぐに答えられなかった。これほどストレートな回答が来るとは思っていなかったのだ。

「……自覚した？」

優佳は薄く笑った。

「そりゃあ、この歳になったらね。高校のときから、何か噛み合わないと思ってたんだ。小春の考え方が理解できなかった。でも、今は理解してる。小春みたいな考え方が一般的で、わたしが特殊なんだと」

一瞬だけ、優佳が淋しそうな表情になった。素の表情。しかしほんの一瞬だけで、すぐにわたしの知っている碓氷優佳に戻った。

「でも、今さら自分の性格をどうこうできないでしょ。今日もそう。大庭ちゃんの考えていることが気になってる。知りたいと思う。でも、知ってしまったら、それでおしまい。後は大庭ちゃん本人と湯村くんに任せるよ。わたしに干渉する権利はない」

わたしはしばらく黙っていた。優佳の発言に、どんな反応を返せばいいのか。

高校生時代のわたしなら、なんとかして湯村夫妻の危機を救おうと考える。そして突き放した発言をする優佳に怒りを覚えていた。

今は違う。大人になったわたしは、大なり小なり優佳の資質を身につけている。友人とはいえ、責任のない他者なのだ。他者が気軽に他人の人生に分け入ってはならない。それはよく知っている。

それでも、と思う。桜子の行動は、法に照らすと何の問題もないのかもしれない。それでも、トーエンの友人関係を考えると、倫理的には大きく逸脱《いつだつ》している。夫である湯村がそれを知れば、どのような反応を示すのか。神山の行為を妻が放置していたと知ったら、家庭が崩壊するのではないだろうか。先ほどと裏表の考え方もまた成立しうる。責任のない他者とはいえ、友人であることには違いないのだ。二人の不幸な姿は、見たくない。神山の不幸な姿を見たくなかったのと同じで。

「それでいいよ」わたしはゆっくりりと言った。「最悪を避ける努力さえしてくれれば」

「わかった。努力は、するよ」

優佳は安請《やすう》け合いするように答えた。

ダッシュボードの下に、ティーカップやグラスを収納した戸棚がある。ガラス戸を開け、グラスを二客取り出した。「行こう」

広川の部屋に戻ると、島野と瑠奈がまだ戻っていなかった。

「あの二人は、煙じゃないかな」

広川の説明で、思い出した。トーエンのメンバーの中で、島野と瑠奈だけが喫煙者なのだ。以前は広川も吸っていたけれど、子供が産まれたタイミングでやめたと聞いている。事実、この部屋も禁煙室だ。このホテルは、階で禁煙と喫煙を分けているらしく、現役の喫煙者である二人は、別の階の客室をあてがわれている。

段ボール箱から、さきいかやビーフジャーキーといったつまみ類を取り出していたら、愛煙家たちが戻ってきた。

畳の上で車座《くるまざ》になる。湯村夫妻を奥の上座に座らせ、湯村の左隣に島野、さらに左に広川が座った。女性陣は桜子の右隣に珠里が、そこから瑠奈、優佳、わたしが陣取った。車座だから、わたしと優佳の正面に湯村夫妻がいることになる。

「じゃ、始めるか」

広川がクーラーボックスを開けて、三百五十ミリリットルの缶ビールを人数分取り出した。夕食時にビールを二杯と赤ワインを一杯飲んでいる。四時間しか経っていないから、アルコールはまだ身体に残っているはずだ。そのうえ身体は疲れ切っているから、アルコールを足すと、注意しないと酔いつぶれてしまいそうだ。今夜はここに泊まるから酔いつぶれてもいいのだけれど、絶対、悪夢にうなされる。

缶ビールは、グラスに注ぐ必要はない。ひとまずグラスを畳において、ビールを缶のまま掲《かか》げた。

「真鍋先生、今までありがとうございました。どうか、安らかに」

広川が宣言するように言った。全員が「安らかに」と唱和して、ビールを喉《のど》に流し込む。

しばらくは、誰も喋《しゃべ》らなかった。無言でさきいかを口に運び、ビールを飲む。缶が空いたら、広川がクーラーボックスから新しいビールを出してくれた。それなりの量を買ってあるというのは、本当らしい。

「真鍋先生、熱かったよな」

島野がぽつりとつぶやいた。「チャイムが鳴っても延々と喋り続けるし、授業が終わった後質問に行ったら、夜遅くまでつき合ってくれた。今思えば、あれって全部サービス残業だったんだろうな」

「間違いないね」教育業界に身を置く珠里が断言した。「最初は、問題を解けないあたしたちに苛ついてたこともあったけど、出来の悪い高校生を教えるコツを飲み込んでからは、見事だったよね」

桜子が小さく手を挙げた。

「わたし、それで合格できた。高校の数学の先生が、あんまりいい先生じゃなかったから、真鍋先生が指導してくれて助かった」

「それを言うなら、俺もだな」落ち着きを取り戻したらしい湯村が続いた。「あの頃は統計が苦手だったから、徹底的に鍛《きた》えてもらった。実は、今の実務でも役に立っている」

「俺が教わったのは、勉強のやり方だ」広川が腕組みして宙を睨んだ。「みんなも知ってるとおり、俺は会社で働きながら、大学院の社会人コースで経営管理学修士号《MBA》を取った。限られた時間でいかに効率よく勉強するかを、高校生時代に真鍋先生に教わった。それが役に立った。俺がＭＢＡを取れたのは、先生のおかげだ」

「わたしは逆かな」瑠奈が懐かしそうに目を細める。「第一志望がギリギリ以下だったからね。とにかく勉強しなきゃって頭がぐるぐるしてたのを、きちんと休むようにって言われたんだ。でもだからといって、受験生が『はい、休みます』とは言えないでしょ。そしたら先生が、効率よく休憩《きゅうけい》するテクニックを教えてくれたんだ。湯村くんと同様、ひょっとしたら、いちばん役に立ってるかもしれない」

「休憩じゃないけど」わたしも予備校の授業を思い出しながら言った。「実は、授業中の脱線もかなりあったよね。通産省の官僚だった頃の話は、けっこう好きだった」

島野が唇を曲げた。

「俺も公務員だけど、市の職員は霞《かすみ》が関《せき》の官僚とは、全然違うぞ。地方公務員の方が、ずっとマトモだ」

さすがに、まだ笑いは起きない。それでも場の雰囲気はわずかに温かくなった。少し安心する。神山の凶行は衝撃だった。目の前で友人が恩師を殺害するなど、まともな神経ではとうてい受け止められない。ショックを受けている最中に、警察の事情聴取を受けたりもした。肉体的疲労と精神的混乱がわたしたちを搦《から》め捕って、身動きを取れなくさせていた。

しかし、ようやく心の位置を元に戻せたような気がする。事件を処理するには、まだ時間が足りない。それでも恩師の死を事実として受け止め、その冥福を祈る気持ちになれたのは、いいことだと思う。

「そういえば」優佳が思い出したように言った。「わたしは大学に行ってから没交渉になっちゃってたけど、みんなはしょっちゅう先生と会ってたの？」

「そうでもない」

広川が答える。「碓氷さんがどうかは知らないけど、年賀状のやりとりはしてた。でもトーエンの同窓会をやるときにも、別に呼んだりはしなかった。再会したのは、湯村と大庭さんの結婚式じゃないかな」

「そうだっけ」湯村が自らの顎をつまんだ。「俺はときどき相談に行ってた。考えてみたら、すごい話だな。高校の担任とは連絡も取っていないのに、予備校の一教科の講師とは、ずっと交流が続いてたなんて」

「確かに」珠里が唸《うな》る。「予備校の講師に相談に行こうって発想が、自然に出てくること自体が、普通あり得ないよね」

うちのガキどもにも、相談に来てほしいもんだ――珠里は教師の顔でそう付け足した。

優佳が正面に座る桜子に話しかけた。

「大庭ちゃんは一緒に行かなかったの？　湯村くんとは学生時代からつき合ってたんでしょ？」

「うーん」桜子は困った顔をした。のろけにならないよう表情を隠したように見える。「確かに、一緒に行くことが多かったかな」

「保護者か、あんたは」

珠里が呆《あき》れたように言う。「大庭ちゃんは、別に相談に乗ってもらったわけじゃないんでしょ？」

「そんなことないよ」いかにも心外なと言いたげに反論する。「先生は通産省の人だったから、農産物の関税についての情報とかは、けっこうもらってた」

「それは相談とはいわない」

「似たようなもんでしょ」

「ともかく」優佳が話を戻した。「真鍋先生から見ると、悩める湯村くんの傍には、いつも大庭ちゃんがいたわけだ。微笑ましく思ってたんじゃないかな」

桜子が人差し指で頬を掻いた。

「まあね。結婚式でも言われたたし」

うんうんと優佳がうなずく。「大庭ちゃんから見ると、真鍋先生と会う度に湯村くんが成功へ一歩ずつ進んでいくのが、わかったわけだ。すごいね」

「そんなわけない」桜子が片手を振る。「さっきも言ったけど、全然、順風満帆じゃなかったってば。ずっとハラハラしどおし」

「それでも、先生を信じてたんでしょ。アドバイスどおりにしたから成功したんだって、さっきも言ってたじゃない」

優佳は当たり前のことを言っただけだった。桜子自身が語っていたことを、繰り返しただけとも言える。それなのに。

桜子の顔から、すうっと表情が消えた。

「──そうだね」

それだけを言った。次の瞬間には、表情が戻っていた。昔話に花を咲かせる顔に。

ほんの一瞬の変化。それだけのことに、わたしは身を硬くした。今の反応は、なんだ。

桜子は、気づいた？

自分が神山の行動を予想し得る立場だと、優佳が知ってしまったことを。

わたしの受けた印象が正しければ、わたしと優佳の懸念は的《まと》を射《い》ていたことになる。やはり桜子は、予想していたのだ。

今の発言は、優佳が桜子に対して放ったメッセージだ。自分は勘づいているぞと。

桜子は、どうする？

「まあ、否定はしないけど」湯村がしかめ面《つら》をした。「それじゃ俺にまるで主体性がないみたいじゃないか」

こちらは、まるでわかっていない顔。

「そんなわけ、ないって」珠里がすぐさま否定する。「実際に行動したのは、湯村くんなんだから」

「そのとおり」広川も力強く賛同した。「行動だけが美徳だ」

「そうだよ」島野が大きくうなずいた。「俺はとっくに脱落しちゃったけど、みんな夢に向かって行動してるじゃないか。成功した湯村だけじゃない。みんな、たいしたもんだよ」

「……神山くんも？」

瑠奈がぽつりと言った。

全員が固まった。この場では出さないと決めていた名前を、急に聞かされたからだ。思い出話で暖まりかけた空気が、再び氷点下まで下がった。

「ああ、神山もだ」

居直ったかのように、島野が大声を出した。

「あいつこそ、誰よりも行動していた。正しい道を歩いていたんだ。苦しい立場に追い込まれてるからって、ほんのちょっとした踊り場じゃないか。このまま進み続けていたら、いずれ成功が待っていたはずなんだ。それなのに、あいつは――」

島野は最後まで言わなかった。言えなかったのかもしれない。きゅっと唇をきつく閉じ、無理やり開いてビールを飲んだ。

からん、と音が響いた。湯村が畳に置いた缶ビールを取ろうとして、倒してしまったのだ。いくらか残っていたビールが、畳にこぼれる。桜子が黙ってボックスティッシュを取り、数枚引き出して拭いた。

広川がビールの入ったクーラーボックスに手を伸ばしかけて、その隣に移動させた。日本酒の四合瓶を取る。

「ほら」

湯村にグラスを持つように言って、日本酒を注いだ。液面が、わずかに波だつ。湯村はグラスを口に持っていき、ひと口飲んだ。

やはり、あの場で解散するべきだったのか。

居心地の悪い沈黙の中、鈍い後悔が襲ってくる。

成功者である湯村と、幹事の広川。神山の凶行を自分の責任と感じた二人が、気持ちの切り替えができた時点で、酒など飲まずにそれぞれの部屋に引き上げるべきだったのかもしれない。そうすれば、みんな過去ではなく未来を見たまま事件を処理できた。

しかし、わたしたちは真鍋先生を悼むために、集まって酒を飲み始めた。真鍋先生のことを語っていれば、神山のことを思い出すのは当然なのに。真鍋先生のことしか話さないなんて、無理に決まっているのに。

「そうだね」珠里も覚悟を決めたように口を開いた。グラスを取る。「広川くん。あたしにも頂戴《ちょうだい》」

広川が黙って珠里のグラスに日本酒を注ぐ。珠里が礼を言って、くい、とグラスを傾けた。ふうっと息を吐く。

「神山くんは、誰よりも先生を慕ってた。その恩師を手にかけたわけだから、ただの後悔じゃ済まない。神山くんは残る人生を、自分を責めることで費やしてしまう。それは刑期を終えればリセットできるとか、そういう問題じゃない」

「いっそ死刑にしてくれって思うかも」

瑠奈がうつむいたまま言った。その場の全員が、無言で賛同を表した。

「今さら、こんなこと言っても仕方がないけど」優佳もため息をついた。「湯村くんが先生のアドバイスを聞いた話がなければ、こんなことにはならなかったのに」

おや、と思う。あの優佳が、無意味な後悔を口にするとは。少なくとも、高校生の頃には絶対に言わなかった種類の愚痴だ。彼女も大人になって、世間並みの反応をするようになったのだろうか。

そう考えかけて、すぐに自分の間違いに気づいた。桜子が反応したからだ。顔を強張らせて、正面の優佳を見つめる。

そうか。優佳のつまらない科白は、今の桜子のこの反応を引き出すためだったのか。では、なぜ桜子は反応した？

わたしの脳は、すぐにその理由に辿り着いていた。と同時に、胃がひしゃげるような感覚が襲ってきた。あのとき語られた、湯村が真鍋先生に相談に行って、アドバイスを受けたエピソード。あの話をしたのは誰だ――桜子ではないか。

わたしもまた、缶ビールを倒しそうになった。

予想していたなんて、受動的なものではない。桜子は、自ら情報を出したのだ。神山が知れば、どん底に突き落とされるとわかっている情報を。優佳はそれを憶えていた。憶えていて、遠回しに指摘したのだ。

わたしはおそるおそる桜子を見た。桜子よ、怒ってくれ。優佳に対して「わたしのせいだっていうの？」と食ってかかってくれ。そういった行動こそが、あんたの悪意を否定する。

しかし桜子は表情を変えなかった。優佳としばらく見つめ合った後、目を逸《そ》らした。缶ビールを飲み干す。畳に座ったまま身体を伸ばして、空き缶を集めているスペースに、新しい空き缶を置いた。

「神山くんは、今、警察署かな」

「たぶんね」珠里が素っ気なく答える。「いわゆる留置場ってところだと思う」

「起きてるのか、眠ってるのか。起きてたとして、どの程度理性が戻ってるのか。起きていて、理性が戻っていたら、最悪だろうね。世良ちゃんが言ったように、ものすごく自分を責めてる」

桜子はゆっくりと仲間たちを見回した。

「だったら、すでに神山くんは罰を受けている。そういうことなのかな」

瑠奈が顔を歪《ゆが》めた。泣き出す直前のように。唇が開きかけたけれど、言葉は発せられずに再び閉じられた。

代わって口を開いたのは、島野だった。

「そうかもしれない」わざとそうしているかのような、冷淡な口調だった。「後悔を罰というならね。でも、それはしょせん自己満足だ。あいつの身勝手に過ぎない。自分の苦境を真鍋先生の責任にした、自己憐憫《れんびん》と本質は同じだ。一人で勝手に行動して、勝手に後悔している。巻き込まれた方は、たまったもんじゃない」

これ以上ないくらい、大人の正論だ。余りに正しく、だからこそ友人に適用すると反感を買う。島野はわかっていて言っているのか。それとも手堅《てがた》い社会人生活の結果、そんな考え方が身に染みついてしまったのか。

案の定、珠里が嫌な顔をした。「島野くん、言い過ぎ」

「申し訳ない」

すかさず謝ったということは、本人にも自覚があったのだろう。冷たい正論を返された桜子は、気分を害したふうもなく話を続けた。

「確かに言い過ぎだけど、島野くんの言い分にも一理あるね。神山くんが後悔していたとしても、真鍋先生のご家族のことは、まったく考えてないわけだから。じゃあ、わたしたちはどうだろう。わたしたちは、加害者である神山くん自身と、被害者である先生のご家族の、中間にいる。神山くんは罰を受けたと考えるべきなのかな」

島野が口を開きかけ、止めた。彼は先ほど「ご家族と一緒になって怒るのが、正しい対処だ」と発言している。島野の意見は一貫しているのだ。しかしあらためて主張しなかったのは、桜子の問いかけが、前もって島野の断定を封じているからだ。桜子は「中間」という言葉を使った。自分たちはご家族の側にはいないと。

優佳が代わって口を開いた。

「それは、さっきの責任論とは別の話だね。真鍋先生を殺してしまった神山くんに、どれだけ感情移入できるか。大庭ちゃんはそう言いたいの？」

桜子が優佳の目をまっすぐに見て答える。

「そういうこと。さらに言えば、わたしたちはまだ神山くんを友だちと考えられるかってこと」

槍《やり》でまっすぐ突いてくるような問いかけだった。

恩師を殺害した神山は、わたしたちを裏切ったといえる。裏切った人間を、それでも友だちと認めるのか。桜子はそう問うているのだ。

答えるのに覚悟がいる質問だ。しかし、わたしは質問に答えるのではなく、質問の意味を考えなければならない。

なぜ桜子は、このタイミングでこんな質問をしたのか。

桜子は、湯村が真鍋先生のアドバイスによって成功したと神山が知ったら、衝撃を受けると予想していた。

桜子は、神山が衝撃を受ける情報を、自ら開示した。

この二つの事実を組み合わせると、桜子は意図的に神山が暴挙に出るよう仕向けたことになる。その桜子が、なぜ犠牲にした神山について問うのか。

しかも質問に見えて、実は質問ではない。

「友だちと考えられるか」と正面きって問われると、人間は「もちろん友だちだ」と答えてしまう。そのように思考を誘導する言葉なのだ。桜子は、仲間たちにそう答えさせて、いったい何をしたいのか。

「友だちだと思う」

優佳が答えた。桜子の誘いにあえて乗った形だ。

「敵か味方かの二元論は危険だと思うけど、少なくともわたしは、神山くんのことを敵とは考えていない」

「そうだね」わたしも慎重に答える。「敵ってことは、真鍋先生の仇《かたき》ってことになる。事実としてはそのとおりなんだけど、まだ仇討《う》ちしようって気にはならないな」

ちらりと優佳を見る。わたしの回答は、優佳の考えに沿ったものだっただろうか。

優佳は眼球だけを動かしてこちらを見た。満足そうな色が浮かんだから、少なくとも邪魔はしなかったようだ。少し安心する。

先に答えた人間がいるから、残る面々も安心して答えられる。

「いずれ、神山の裁判が始まる」広川が続いた。「有罪か無罪かを問うような裁判じゃない。争点は殺意の有無や量刑の軽重になるだろう。どちらにしても、刑務所行きは免《まぬが》れない。そのうえで、出所して第二の人生を生きてほしい。そう思っている」

「迷惑を被《こうむ》っているのは、真鍋先生のご家族だけじゃないよ」

珠里が大きな目をさらに大きくして言った。「神山くんのご両親は、まだ健在でしょ。息子が殺人犯になったんだから、悲嘆は察するにあまりある。つまりあたしは、神山くんのご両親の心情を慮《おもんぱか》れる程度には、感情移入してるってこと」

瑠奈の答えはもっとシンプルだった。

「友だちだよ。わたしはさっきから、ずっとそう言ってる」

「そう。友だちだ」島野が顔を赤くした。「友だちだからこそ、怒ってる」

「わかった」桜子は夫の答えを待たずに話を進めた。「それなら、わたしたちは神山くんの心情を気にする権利がある。それでいい？」

反論しようのない確認事項だった。桜子は優佳をちらりと見た。

「さっきから神山くんの行動は発作的なものだとか、一瞬の気の迷いとか言ってるけど、本当にそうなのかな」

考え込むような表情で、桜子は続ける。

「会社で問題が起きてから、神山くんには相当なストレスがかかっていた。データ捏造は、神山くんがやったことじゃなかった。自分の責任でないという強い自覚があったのなら、現状に対して、常に誰かを責めたかったのかもしれない」

いったん言葉を切った。友人たちを等分に見る。「どう？」と確認するかのように。

「そうだろうな」広川が認めた。桜子は小さくうなずいて、話を続ける。

「神山くんが精神的に追い詰められていたのなら、自分に降りかかっている不幸は、すべて他人の責任。そう考えなかったかな」

「あり得《う》るね」今度は珠里がコメントした。「そうやって精神的にバリアーを作って、自分を護らなければならない。仕方のない心の動きだと思う」

「だよね。会社が潰れそうなのは、経営陣の責任。神山くんには、どうすることもできない。会社の船頭《せんどう》は、経営陣なんだから。じゃあ、神山くんの船頭は？　もちろん神山くん自身。でも自分以外に責任を求めたいという心の動きがあったのなら、自分の代わりに誰を責めるのかな」

島野が喉の奥で唸った。「真鍋先生、か……」

「そう思う」

桜子はいったんうつむき、すぐに顔を上げる。

「神山くんは、今日ここに来るずっと前から、真鍋先生を恨んでいた。そんなふうに思えるんだけど、どうかな」

「で、でも」瑠奈が戸惑《とまど》った表情で反論する。「あの瞬間までは、神山くんが真鍋先生を恨んでいるようには、とうてい見えなかった……」

「そりゃあ、ね。表には出さないでしょう。相手に気づかれるから」

瑠奈の反論は織り込み済みといった、桜子の説明だった。

「神山くんは、自分の苦境は真鍋先生のアドバイスが原因だと信じていた。どうしてくれようと考えていたとき、先生も出席する同窓会の案内が届いた。それが、神山くんの恨みに方向を与えてしまった。神山くんは重い決意を胸に、ここまでやってきた。そして、先生を殴った」

桜子が口を閉ざすと、場はしんとなった。トーエンのメンバーたちは、それぞれ神山の心情に思いを馳せている。

わたしもまた黙っていたけれど、おそらく他の仲間たちと違うことを考えていた。桜子が話した内容が正しいかどうかではなく、話したことそのものについて。

桜子は、さりげなく事件の本質を変えてしまった。夕食会での自身の発言がきっかけになったのではなく、神山がはじめから先生に危害を加えるつもりでやってきたのだと。

それも、ストレートに主張するのではなく、自分たちが神山の心情を気にする権利があると皆に納得させてから、おもむろに切り出した。そのため、今までの納得を霞《かす》ませるだけの説得力を持っている。

わたしは横目で優佳を見た。優佳は桜子の問いかけに対して、真っ先に「友だちだと思う」と答えている。率先して話の流れを作った。桜子が何を話すか確認するためだったのは明らかだ。そして狙いどおり、桜子は自らの仮説を説明してみせた。その説明を聞いて、優佳はどう思ったのか。

優佳は、わずかに表情を動かした。ゆっくりと目を細める。あるかなしかの微笑み。珍しく、自然に出た笑み。

優佳は、桜子に対してメッセージを送った。疑っているぞと。そうしたら、相手が反撃してきた。ムキになるのではなく、さりげなく周囲を味方につけるような論法をもって。

優佳は、明らかにこの状況を楽しんでいた。

彼女は、本気で桜子の謎《なぞ》を解くつもりなのだ。

第四章　盾《たて》

「神山くんが、真鍋先生を恨んでいた」

ため息交じりに、優佳が言った。表情はもう元に戻っている。この場にふさわしい、沈痛な表情に。

「同窓会が、神山くんの行動を決定づけた。そうかもしれない。でもね」

優佳は広川に顔を向けた。

「だからといって、広川くんが責任を感じる必要なんて、ないんだから」

先回りされて、広川は「お、おう」と答えるしかなかった。ここで自虐《じぎゃく》を展開されては、話が進まなくなる。そんな意図が見て取れる、優佳の発言だった。邪魔をするな、と言っているようにも聞こえる。

「真鍋先生を殴ってから、神山くんはしばらくの間、自分が何をしたのかわからないふうだった。我に返ったときに、慌ててワインボトルを放り出したくらいだし。あれって、怒りに我を忘れたときの動きじゃないかと思うんだ。やっぱり、真鍋先生の言葉がスイッチになったのかな」

最後は桜子に対する問いかけだった。

優佳の言いたいことはわかる。怒りに我を忘れる。スイッチが入る。それらは、計画性とは相容《あいい》れない言葉だ。桜子は発作的な犯行という説を否定して、神山の行動に計画性があったと主張している。しかし実際の行動から受ける印象は、明らかに発作的なものだ。現実との違いを、どう説明する？　優佳はそう問うているのだ。

桜子は小さく顎を引いて、問いを受けた。

「神山くんは、恨みを抱いてここに来たのは、間違いないと思う」

丁寧に、慎重に言葉を選びながら話した。

「先生の言葉を聞いて怒りが頂点に達したときに、行動に移した。でも殴ってしまった後になって、やっぱり先生に恩義を感じている自分に気づいた。それが、神山くんに混乱をもたらした。恩義と憎悪がひとつの脳の中に同居していたわけだから。こんな言い方が正しいのかどうかわからないけれど、憎悪が行った行為に、恩義が驚いた。だから、神山くんはあんな反応をした。そんなふうには考えられないかな」

反応を確かめるように、優佳を見る。

なるほど。計画性があっても神山の行動は説明できる。見事な切り返しだ。

優佳の目がまた一瞬だけ細められたけれど、すぐに元に戻された。

「あり得るな。人間は、ひとつの感情だけで動くほど単純じゃないから。感謝しながら恨んでいたというのは、十分納得できる」

優佳は同意しながら首を振っていた。

「それなら、どうして今日という日を待ってたんだろうね。年賀状のやりとりをしてたなら、住所はわかっている。どうして邪魔が入るかもしれない同窓会まで待たずに、先生の家に直接乗り込まなかったんだろう。その瞬間まで自分が先生を恨んでいるという自覚がなかったのなら、それでいい。だけど、どうも、そうじゃないみたいだし」

桜子は眼鏡のフレームに手を当てた。

「そういえばそうだね」宙を睨んで、考える仕草をする。「いきなり訪問すると、先生が警戒すると思ったから？」

「何回も相談に行っているのに？」

「それはわからない」桜子はあっさりと言った。「先生が現役の講師だった頃は、予備校に行けば、相談に乗ってくれた。現役の生徒だろうがＯＢだろうが、予備校でなら、先生は相談に乗るのが当たり前。でも今は、引退して山梨にいるでしょ。神山くんが、先生が引退した後も相談に行っていたのなら、わざわざ行っても怪《あや》しまれない。引退と同時につき合いがなくなっていたのなら、突然の訪問は怪しまれる。実際にはどうだったのかは、神山くんに聞くしかない」

当の神山は警察署の留置場だ。確認しようがない。桜子は最後まで言わなかったけれど、全員が理解していた。

「そこだ」優佳が人差し指を立てた。少しわざとらしい仕草。「神山くんが先生の引退後も会っていたかは、わからない。でも会っていなかったとしても、神山くんの来訪を、先生が怪しむかな。先生が神山くんの現況を知っていて、それが自分のせいかもしれないと考えてなければ、警戒することはないはずでしょう。今日の先生の様子は、神山くんに対して申し訳ない気持ちがあったようには見えなかった」

桜子が、ほんの少しだけ苦い顔をした。「わたしたちは神山くんの心情を気にする権利がある」と言ったのは、桜子自身だ。優佳はまさしく神山の心情を辿って発言しているわけだから、桜子は受けざるを得ない。

「確かに、そうだね」桜子は納得を装《よそお》った。「同窓会まで待たずに先生の家に直接乗り込んでも、先生は怪しまなかった。碓氷ちゃんの言うとおりだ。でも現実には、神山くんは同窓会まで待った。ということは、少なくとも神山くん自身は、先生が怪しむと考えていたことになる。それはそれでわかる気がする。自分自身が恨みを抱いているんだから、先生も恨まれている自覚があるんじゃないか。そう考えてもおかしくない。というか、その方が自然だと思う。思慮《しりょ》深い神山くんが『先生は警戒しないはずだから、山梨まで殴りに行こう』なんて、能天気に考えるはずがない」

「ちょっと待った」広川が口を挟んだ。「同窓会まで待ったってことは、俺たちの目の前でやるつもりだったってことになる。警察に捕まるのは確実だ。神山は、はじめからその覚悟だったたってのか？」

「そりゃそうでしょ」桜子の声に、少し不満が交じった。話の腰を折りやがってというふうに。「それほどの覚悟がなけりゃ、恩師を殺そうなんて思わないでしょ」

「確かに」優佳は腕組みをして、うんうんとうなずく。「同窓会で先生にも招待状を出したことは、神山くんも知っていた。SNSでのやりとりで、広川くんが情報を逐次《ちくじ》共有してくれたから。先生が出席の返事をくれたことも、神山くんの知るところとなった。リスクを冒《おか》して単身山梨に乗り込むよりも、何食わぬ顔で会場に乗り込んだ方が、安全かつ確実に、先生に会える。神山くんがそう計算したとしても、不思議はない」

おや、珍しい。優佳が素直に相手の意見を認めている。仕方がないのかもしれない。桜子の反論は、万人が納得してしまうほど自然なものだ。事実、他の面々からも異論は出なかった。

優佳は缶ビールを飲み干して、空き缶をそっと畳の上に置いた。

「でもそれなら、どうして夕食まで待ったんだろうね。神山くんと先生は、駐車場で会っている。先生の話では、駐車に困っていた先生を、神山くんが誘導したってことだった。元々恨みを募らせていて、ここで会ったが百年目とばかりに復讐《ふくしゅう》してやろうと考えていたのなら、二人きりでいた駐車場が、実行に最適じゃないのかな」

桜子が目を見開いた。しかしそれは表情の変化につながる前に戻された。

「神山くんの行動は、謎だね」桜子も缶ビールを飲み干し、グラスを取った。夫の湯村が日本酒を注いでやる。湯村は優佳に目で合図して、グラスを取った優佳にも酒を注いだ。

桜子が日本酒をひと口飲む。

「どうしてだろう。想像するしかないけど、武器が手元になかったのかもしれない。まさか、駐車場に着いたその瞬間に先生と会えるとは、考えていなかった。食卓と違って、すぐに握れる得物がなかった。先生の姿を見てからトランクを開けて工具セットを開いてスパナを取り出したんじゃ、いくら何でも時間がかかりすぎるし、先生も怪しむ。神山くんは、千載一遇《せんざいいちぐう》のチャンスを逃したのかもしれない」

特に考えて発言しているわけではない。そんなふうに、桜子の言葉は響いた。今交わされている会話は、ただの雑談なのだと言いたげに。

その点では優佳も同様だ。桜子を追及する響きはない。優佳もまた、真鍋先生の思い出話からの自然な流れとして、神山の心情を語っている。

だから、誰も気づいていない。優佳と桜子のやりとりを、雑談レベルでしか捉えていない。夫の湯村でさえも。つまりは、誰も桜子を疑っていないのだ。彼女が神山の凶行を事前に予想し得たことを。

「そうかも」優佳も日本酒を飲んだ。湯村から四合瓶を受け取って、ラベルを見る。「山梨の酒だね」とつぶやいた。

「確かに、先生を見つけてからバタバタと武器を探してたら、変だもんね。ということは、はじめから先生を攻撃するつもりだった神山くんは、何かの武器を用意してたのかな。レストランには手ぶらで入ったし、その場にあるワインボトルを使っている。準備しない神山くんってのも、想像しづらいけど」

「まあ、レストランにバールのようなものを持って入ったら、大騒ぎになるだろうね」

「違いない」

二人で顔を見合わせて、ふふふと笑う。

「神山くんの性格を考えたら、何かを持ってきていたことは、十分に考えられるけど」桜子が真顔に戻った。「神山くんの荷物は警察に押収されてるだろうから、確認しようがない」

　優佳がうなずく。

「荷物の中に、明らかに武器になりそうなものが入っていたら、裁判に影響するね。広川くんが指摘したように、殺意の有無が争点になるだろうから。前もって武器を用意していたら、神山くんは極《きわ》めて厳しい立場に立たされる。ただ、準備していたとしても、気になることがある。神山くんは、講演と夕食には、武器を持ってこなかった。ということは本来、このタイミングではことを起こさないつもりだったことがわかる。結果的には夕食中に行動したわけだけれど、じゃあ元々は、いつやるつもりだったんだろう」

　優佳は三十過ぎても、どこかあどけない表情が残っている。その表情のまま問題提起するから、詰問《きつもん》でなく純粋に不思議に思っているように聞こえる。そのため疑問を聞いた全員が、反射的に考えはじめた。

　しかし疑問が本質を突いていることは、桜子の顔を見ればわかる。桜子はほんの少しだけ、眉間にしわを寄せたのだ。

「どうなんだろう。わかんないな」

　極めて曖昧な、桜子の返答だった。それが事実だし、他に答えようのない疑問でもある。しかし優佳は放さなかった。

「考えてみようよ。わたしたちの予定は、どうだったかな。ＳＮＳで共有された予定では、夕食の後は今みたいに広川くんの部屋で二次会。お開きになったらそれぞれの部屋で寝て、朝ごはんを一緒に食べて解散。広川くん、そうだったよね」

優佳の疑問を真剣に考えていた広川は、すぐさま答えた。「そのとおりだ」

どこからも異論が出ないことを確認して、優佳は話を続けた。

「じゃあ、選択肢は四つだね。二次会会場。お開きになってから、真鍋先生の部屋を訪ねて。朝食のとき。解散した後。当初の計画では、神山くんはどこで先生に攻撃を加えるつもりだったのかな」

優佳は桜子に向けて問いかけてはいなかった。あくまで全員に対する問題提起を装っていた。全員が、神山の心情に思いを馳せる権利を持っているから。

島野が腕組みを解《ほど》いた。

「少なくとも、二次会じゃないと思う。二次会は全員参加の宴会だから、基本的に夕食と状況は変わらない。おまけに夕食のときに手ぶらで、二次会だけいったん部屋に戻って何か持ってくるのは、明らかに変だ」

「じゃあ、朝食もか」広川が続いた。「状況は同じだから」

「普通に考えれば、お開きになってから、先生の部屋を訪ねるつもりだったんじゃないの」

珠里が結論を出すように言った。「邪魔が入らないのは、そのタイミングなんだから」

これにはわたしが反論する。

「いや、それはどうかな。先生は、二次会の途中で寝ちゃう人でしょ。つまり、お開きになったときには、もう自分の部屋で眠ってる。神山くんが訪ねても、ドアすら開かない」

ぐっと珠里が言葉に詰まる。

「明日、解散してからは？」島野が言った。「先生を追いかける形で二人きりになれば――」

「それは、もっと成功率が低い」広川が首を振った。「解散した後の、先生の予定がわからない。別件があるからと、そそくさとホテルを後にされては、追いかけようがない。無理に追いかけると、それこそ怪しまれる。ひょっとしたら夕食の席か二次会のときにさりげなく明日の予定を訊くつもりだったのかもしれないけど、予定があると言われたら、どうしようもない。追いかけなければならない時点で、アウトと考えるだろう」

広川が話し終えると、客室は静かになった。ややあって、瑠奈が吐き捨てるように言った。

「なんだ。神山くんが先生を襲うタイミングなんて、ないんじゃない」

瑠奈が仲間たちを睨んだ。

「タイミングがないのなら、はじめから武器なんて準備していなかった。そうじゃないの？」

はじめから武器なんて準備していなかった。瑠奈は、神山が真鍋先生を襲う気など、なかったのだと言いたいのだ。そしてそれは、優佳が出したかった結論でもある。優佳は丁寧に議論を進めながら、結果的に自分以外の人間に結論を言わせた。

桜子は、神山の攻撃はあくまで神山本人の意志によってなされたものだとすることで、自身の関与を隠蔽《いんぺい》しようとした。しかし彼女の理論武装は、優佳によって解除されつつある。

桜子は、どう出る？

「それは、どうだろう」桜子が口を開いた。「みんなの意見は、一見正しいように見える。でも、それってひとつの前提があってのことだよね」

「前提？」

珠里が訊き返し、桜子が首肯《しゅこう》する。

「そう。旦那の講演や夕食のときに、神山くんが武器を持っていなかったという前提。本当に、そうだったのかな」

瑠奈が反応する。「手ぶらだったじゃない」

「そう、それ」桜子は瑠奈の意見を肯定しながら否定していた。「手ぶらイコール丸腰じゃないよ。たとえば、ジーンズのポケットに折りたたみナイフが入っていたかもしれない。それならば、武器を持ち込んでいても、誰にも気づかれない。結局使うことはなかったんだけど」

どう？　そう言いたげに、桜子は仲間たちを見回した。その視線が優佳に固定される。優佳は少しだけ口を開けた。わたしの目には、その顔は「やられた」というより「ほほう」と言っているように見えた。

「折りたたみナイフ」優佳が繰り返す。「なかなか、いい選択だね。確かに神山くんが武器を隠し持っていなかったとは、誰にも言えない」

でしょ？　と言いたげな桜子の表情。しかし優佳はそこで話を終えなかった。

「大庭ちゃんは例としてナイフを挙げたけど、ナイフに限らず、用意した武器が小さければ、小さいなりの威力が必要になる。むしろ、小さくても問題ないほどの威力がある武器を用意したことでしょう。ナイフと仮定すると、神山くんは先生を刺すつもりだったことになる。普通、刺して怪我《けが》だけで済ませようとは、考えないよね。ナイフで刺した時点で、相手が死ぬことを想定しなければならない。つまり、小さな武器を用意したってことは、殺意があったってことになる」

桜子が目を大きくした。自分の仮説をあらぬ方向に展開されたときの顔だ。優佳は気づかぬように話を続ける。

「神山くんには、恨みどころか殺意があった。現実に、神山くんはワインボトルで先生の頭を殴って、先生は亡くなってしまった。じゃあ神山くんは、先生を殴り殺すつもりだったのかな」

突然、優佳がこちらに顔を向けた。

「小春。医者の目から見て、どう？　神山くんは、先生を殺すつもりで殴ったと思う？」

「難しいところだね」事件直後に感じたことを、あらためて口にすることにした。「人間の頭ってのは、すごく頑丈《がんじょう》にできてる。頭蓋骨《ずがいこつ》が脳を護ってるから。でも力の加わり方によっては、致命傷を受けることもある。いわゆる、打ちどころが悪かったってやつ。最も危険なのは後頭部、それも首との境目《さかいめ》辺り。小脳や延髄に強い衝撃が加わると、人間は容易に死に至る。真鍋先生は、そのケースじゃないかと思う」

全員の視線がわたしに集中していた。ここは丁寧に解説しなければならない。

「司法解剖の結果も出ていないし、わたしは法医学の専門家じゃないから、いい加減なことは言えない。でも別の場所に当たっていたら、こんなことにはならなかったんじゃないかな。神山くんは立ち上がって、座っている先生の頭にボトルを振り下ろした。狙って致命傷を与えたのなら、すごい腕前だよ。ここからは医者でなくて裁判官の領域なんだけど、神山くんが死亡させることを狙って殴ったとは思えない。あまりにも確実性に欠けるし、神山くんは一度しか殴っていない。連打したのなら、また違った解釈があるのかもしれないけど」

わたしが口を閉ざすと、優佳と桜子は一瞬だけ視線を交錯《こうさく》させた。わたしの見解を元に、どう議論を展開させるか。お互いに相手の出方を想像したように見えた。

「なるほど」優佳が探るように言った。「神山くんは怪我だけさせるつもりだった。そういうことか」

優佳がわたしの目を見た。優佳らしくない、単純な決めつけに聞こえた。ということは、反対意見を引き出す目的の科白だ。わたしは乗ることにした。

「そうじゃないよ。打ちどころが悪かったたって言ったでしょ。頭を殴るってのは、結果が予想できない行為なの。確実に死亡させるために殴ったたってのは間違いだと思うけど、怪我だけさせるつもりだったたってのも間違いだと思う」

「そうか」優佳が説得されたふうを装った。医学者に言ってもらいたくて水を向けたくせに。

「ポケットに入るほどの小さな武器は、殺意を示している。その一方、実際の攻撃は、結果が予測できない単発の殴打《おうだ》。矛盾がある。ってことは、仮に神山くんが殺意を抱いていたとしても、ワインボトルで殴った瞬間は『カッとなって』、『怒りに我を忘れた』、『発作的な行動』だったんじゃないのかな」

桜子が口を開きかけ、また閉じた。反論できないのだ。

優佳の説明は、桜子を否定していない。神山は武器を隠し持っていたかもしれないという桜子の仮説が正しくても間違っていても、犯行そのものは発作的なものだったと。自説が否定されていないから、桜子は反論しづらい。

優佳はため息をついた。

「神山くんは手ぶらだった。武器を隠していたのなら、大庭ちゃんの言うとおり、ジーンズのポケットだと思う。武器を使おうと思ったら、ポケットに手を突っ込んで、取り出して、使える状態にして、そこから先生を攻撃する。最低でも四アクションが必要になる。でも目の前にあるワインボトルなら、握って殴ることが、ひとつの流れでできる。できてしまう。カッとなったタイミングで、たまたま目の前にワインボトルがあったのも不運だった」

これまた反論しづらいコメントだった。武器を隠し持っていたという桜子の説を取り入れながら、望まない結論に話を進められたのだから。さぞかし困っているだろうと思って眼鏡の美女を見たら、意外な光景がそこにあった。

桜子は、大きく目を見開いていたのだ。

明らかな、驚愕の表情。桜子は、いったい何に驚いているのか。優佳は、特に奇抜な話はしていないのに。

横目で優佳を見る。優佳は、まっすぐに桜子を見つめていた。ということは、優佳は桜子にメッセージを届けたのだ。どんなメッセージを？

優佳は今まで二度、桜子にメッセージを送っている。一度目は、桜子が神山の行動を予想できたこと。二度目は、神山の行動を引き起こした科白は、桜子が発したものだということ。いずれも、桜子が自覚していて、はじめて通じるメッセージだった。

事実、どちらのメッセージにも桜子は反応した。

では、今回は何か。桜子がこれほどの反応を示した以上、優佳のメッセージは桜子にとっても重要なものだったのだ。しかし、それがなんなのか、わからない。

今までのメッセージが桜子の思惑《おもわく》を暴くものだった以上、今回もそうである可能性が高い。隠し持った武器の話ではない。武器の存在が証明されていない以上、何を言われても桜子にとっては痛くも痒《かゆ》くもない。では、ワインボトルの方か。いや、優佳は「カッとなったタイミングで、たまたま目の前にワインボトルがあったのも不運だった」と言っている。不運と表現した以上、桜子が関与したというメッセージにはならない。

優佳が日本酒の瓶を持って、わたしに向けてくる。「どう？」

「サンキュ」と言いながら、畳の上のグラスを取る。優佳はグラスの三分の一くらい日本酒を注いだ。ホテル備え付けのグラスは大振りで、なみなみ注ぐと一合は入ってしまう。それでは多すぎるし飲みにくいから、配慮してくれたのだろう。大学で鍛えられたおかげで、人並みに飲めるようにはなったけれど、決して強いわけではない。ありがたい配慮だった。

わたしは優佳のグラスを見た。空になっている。さすがは酒豪《しゅごう》の妹だ。優佳から日本酒を受け取って、優佳のグラスに注ぎ返す。周囲を見回して、他に空になっているグラスがなかったから、四合瓶を傍の畳の上に置いた。

どくん、と心臓が鳴った。

ちょっと待て。桜子の科白をきっかけに、神山がカッとなった。そのときに、たまたま目の前にワインボトルがあった。——本当にたまたまなのか？

あのとき、何が起こったのか。話し始める前、桜子は神山のグラスにワインを注いでやっていた。社会人ならば、注いでくれた相手のグラスも空だったら、ボトルを受け取って注ぎ返すのが礼儀だ。いや、礼儀というよりも反射的に行う動作だ。事実、神山はそのとおりの動きをした。では、神山が湯村夫妻のグラスにワインを注ぎ終わったらどうする。当然、自分の手元に置くだろう。わたしが、たった今やったように。優佳が指摘したように、握って殴ることが、ひとつの流れでできる状況が生まれるわけだ。桜子は、そこまで確認してから、狙いの科白を吐いたことになる。

桜子は、神山が真鍋先生を殴るための凶器まで用意していた。優佳は、そのことに自分が気づいているぞというメッセージを送ったのか。

そして桜子がここまで激しく反応を示している以上、図星を指されたのだ。

桜子は、何を言えば神山が絶望して自棄《やけ》になるかを知っていた。

桜子は、神山が攻撃に使う武器を用意した。

桜子は、環境がすべて整ってから、神山を追い詰めた。

わたしは心の中で、頭を抱えた。優佳のメッセージのおかげで、事件の流れは整理できた。しかし解決に向かっているとは思えない。優佳もこれで終わりとは考えていないだろう。桜子に送ったメッセージは、相手の様子を確認するための、いわばエサに過ぎない。桜子が何を目的に、あのようなことをしたのか。それがわからないうちは、事件の謎を解いたとはいえないからだ。

では、桜子の側はどうだ。優佳の発したメッセージには、証拠があるわけじゃない。仮に警察が事実を知ったところで、殺人を教唆《きょうさ》したわけではないから、逮捕される心配も皆無だ。だから桜子は、優佳のメッセージを無視してもよいはずだ。

しかしそうも言っていられない。優佳は今のところ、他の仲間たちにわからないように、雑談に乗せてメッセージを届けている。桜子が無視し続けたとき、次に優佳がどのような行動に出るか、桜子には予想がつかない。優佳がトーエンのメンバーに対して、桜子の行動を丁寧に説明してしまったら、どうなるのか。そして仲間たちがそれを信じてしまったら。桜子は裏切り者扱いされるだろう。また恩師が亡くなるきっかけを作ったことで、非難が集中する。なによりも、夫の湯村がどう思うのか。湯村家の崩壊は火を見るよりも明らかだ。桜子はそんな事態を避けなければならない。結局のところ桜子も、真剣に優佳と向き合わなければならないわけだ。

「不運か」桜子がつぶやいた。表情はすでに元に戻っている。「そうかもね。神山くんの心情を考えたら、わたしは神山くんはずっと先生を恨んでいたと思っていた。殺意があったかどうかまでは、考えなかったけど。でも碓氷ちゃんが正しいように思えてきた。ベースに憎しみはあったとしても、殴ったこと自体はカッとなったから」

おや。桜子があっさり優佳の説を認めた。認めてしまうと、次は「じゃあ、カッとなったきっかけは何だ」という話になるのに。

桜子は悲しそうな顔をした。

「やっぱり、うちの旦那が原因なのかな」

隣の湯村が、ぶるりと震えた。

「旦那の手柄話が、神山くんをキレさせたのかな」

「だから、そんなこと、ないって！」

島野が大声を出した。「さっきから言っているだろう。神山が湯村の成功を妬んだとしても、それはお前らのせいじゃない！」

グラスにわずかに残っていた酒を飲み干す。優佳が四合瓶を手に取って、空いたグラスに日本酒を注いでやった。

桜子がゆるゆると頭を振る。

「旦那の責任じゃなくても、原因を作った。そうじゃない？」

「違うっ！」

島野が否定したが、ほとんど反射的なものだったらしい。続く言葉が見つからず、ただ顔を赤くするばかりだった。

「そう。違う」

横から珠里が言った。「考えてもみなよ。他のみんなは、誰一人カッとなったりしていないじゃない。真鍋先生を殴ってもいない。湯村くん以外はまだ誰も、夢を叶えていないのに。他の人に何の影響も与えていないんだから、湯村くんの成功は、原因になるようなものじゃなかったってことだよ」

文系の珠里が、まるで研究者のような論法を用いた。わたしたち理系の人間にとっては、賛成しやすい意見だ。

島野が鼻から息を吐いた。「そうだよ。そういうことだよ」

しかし桜子は納得していない顔だった。

おやおや。桜子が突然キャラクターを変えたぞ。今までは冷静に事実関係の解明に努めるふりをしていたのに、急に自虐的になった。しかも、優佳に話しかけてはいない。弱々しい表情を島野に向けた。

「でも神山くんは、旦那が真鍋先生のアドバイスのおかげで成功したことを、許せなかったみたいだし……」

「それがダメなんだ」島野が苛立ったように遮《さえぎ》った。

「確かに先生は、湯村へのアドバイスを再現したよ。それによって湯村が成功したことを、喜んでいた。でも、あの真鍋先生が、神山のことを見捨てたりするもんか。キャリア官僚の地位を擲《なげう》って、予備校の講師になった人なんだぞ。大学進学後も自分を慕って相談に来た教え子を、一時的にうまくいっていないだけで、落伍《らくご》者と決めつけるわけがない」

——そうか。

島野の話を聞いているうちに、なんとなくわかってきた。桜子は作戦変更したのだ。

神山は、はじめから真鍋先生を攻撃するつもりだったのであり、自分の発言は関係ない。桜子はそんなふうに、場を誘導しようとした。しかし優佳が周到に道をふさいだ。あのまま議論を続けていても、ひっくり返すのは難しい。そう考えたのだろう。あえて自分たちに非があると口にすることによって、周囲に否定してもらう作戦に出た。

狙いは当たったらしい。今までも神山を断罪する姿勢をみせていた島野が食いついてきた。今の彼は、湯村夫妻に何の責任もない理由を説明することで、頭がいっぱいになっている。桜子は、島野を弾《たま》よけに使っているのだ。

島野は興奮した口調で続ける。

「先生だって、城東製薬のニュースは耳にしているだろう。神山が苦しい立場に立っていることは知ってたんだ。真鍋先生は湯村をほめた後には、神山のケアをしたに決まっている」

顔ばかりか、目まで赤くなってきた。

「あいつが、あのタイミングであんなことをしなければ、真鍋先生は神山に激励の言葉をかけてやってた。そしたら神山だって前向きになれたし、湯村の成功を素直に喜んでいた。よし自分も、と思っただろう。広川の狙いどおりに。神山が、もう数分間だけ我慢していたら、こんなことにはならなかったんだ」

一気に喋ったら、息が切れたようだ。はあはあと荒い呼吸をする。先ほど優佳が注いだ日本酒をひと息に飲み干した。また優佳がお代わりを注いでやる。

「わたしも、島野くんに賛成」

優佳はそんなことを言った。こちらも、桜子の方を見ていない。

「神山くんは絶望する必要なんてなかった。だって、ここにいるのは味方ばかりなんだから。真鍋先生が神山くんを勇気づけたのは間違いないと思うけど、そうでなくても、みんながやったと思う」

島野の血走った目が、戸惑いに揺れた。「お、おう。そのとおりだ」

優佳が静かに首肯して、湯村を見た。

「もちろん、いちばん勇気づけたかったのは湯村くんだろうけど、今日は湯村くんの成功を祝う会なんだから、どうしても上から目線に受け取られちゃう。それじゃ、逆効果になりかねない。苦しかったと思うよ」

湯村が鼻白んだようにのけぞった。

「い、いや、そんなことは……」

優佳はうんうんと、まるで理解者のようにうなずいた。

「でも、結局神山くんを救ったのは、湯村くんだった」

「えっ？」

思わず訊き返してしまった。今まで、湯村の成功が原因となって、神山が暴挙に出た話をしていたではないか。島野は懸命に否定していたけれど、あれは友人が下手に責任を背負い込むのを防ごうとした、友情の表れだ。本当に違うと考えていたわけではない。それなのに、なぜ優佳はこれまでの前提を捨てるのか。

優佳はわたしを見た。

「湯村くんが、神山くんのことを『うらやましかった』って言ってたのを、憶えてる?」

「え、えっと……」

懸命に記憶を探る。思い出した。夕食のとき。湯村が総合商社に入社してから、社内ベンチャー制度を利用して夢を実現するという方法論に、深謀遠慮を感じたときだ。

湯村は商社に入社するとき、あのような話はしていなかった。だから島野が口にしたように、湯村はとっくに夢をあきらめたと思っていた。それが大逆転で成功したのだから、驚くのは当然だ。

湯村は当時を振り返って、怖かったと言った。雌伏《しふく》のときといえば聞こえはいいけれど、雌伏したまま定年を迎える可能性だってあったのだから。ダッシュするために力をため込んでいるとき、他の仲間たちはとっくに先を走っている。湯村にとっては、そんな感覚だったのだろう。

だから湯村の口から、当時の本音が出た。先を走っているみんなが、うらやましかったと。

この場の全員が思い出したのを確認してから、優佳は話を続けた。

「湯村くんは、自分の回り道は、本来不要なものだったと言い切った。そして回り道しなくて済んだ神山くんこそが、王道を進んでいると断言した。だからこそ、うらやましく感じたと。それを聞いた神山くんの身体から、力が抜けた。張り詰めた雰囲気が緩んだ。今は苦境にあるけれど、自分は間違っていなかったんだと確信が持てた。あのとき、神山くんは間違いなく救われたんだと思う」

優佳が話し終えると、車座はしんとなった。みんな、神山の心情に思いを馳せているのだ。桜子に誘導された、犯罪者としての神山ではない。夢を追い続けていた仲間としての神山に相対していた。

感動的な光景だ。にもかかわらず、わたしは妙な不安を感じた。

なぜ優佳は、この局面でこのような話をするのか。桜子は島野を盾《たて》にして、責任を自分から遠ざけようとした。優佳はそれに対抗するでもなく、話を進めてしまった。これでは事件の謎が解けないではないか。

優佳が視線を落とした。

「救われたはずなのに、事件を起こしてしまった。一度抜けた力が、また入ってしまった。さらに危険な状態になって」

膝に乗せられた手を、きゅっと握った。

「緊張が緩んだ状態というのは、いってみれば無防備な状態。本来なら、それでも問題なかった。さっきも言ったように、ここにいるのは味方ばかりなんだから。けれど神山くんは、無防備なところに攻撃を受けてしまった。それが精神的な致命傷になって、発作的に行動を起こしてしまった」

そうか。ここまで話を聞いて、ようやく優佳の意図を理解できた。優佳は、島野という弾よけを引き剝《は》がそうとしているのだ。

島野は、すべて神山が悪いという前提で、湯村夫妻の責任を否定していた。事実そのとおりだから、本来なら何も問題ない。しかし神山を焚《た》きつけた桜子がその恩恵を受けるのであれば、話は別だ。優佳は島野の意見を否定することにした。ただし、面と向かって否定すると、島野はムキになって反論しようとするだろう。そこに論理性はなく、ただの言い合いになりかねない。

だから賛成するふりをして、こっそり神山の立ち位置を変えた。迷惑な独《ひと》り相撲《ずもう》で深刻な事態を引き起こした愚《おろ》か者から、友人の言葉によって救われた迷える子羊へと。

　しかも道具に使ったのは、湯村の言葉だ。夫が救世主になるのだから、妻である桜子は否定できない。その上で、あらためて神山が行動を起こしたことを思い出させる。救われたはずの神山が、再び絶望したのはなぜか。仲間たちにそう考えさせるのが目的だったのだ。

「湯村の成功を、真鍋先生がアシストしていた」

　広川が重い息を吐いた。「神山は、それが許せなかったのか」

　おそらくは、広川は桜子の企《たくら》みをわかっていない。それでも彼の発言は、事件直前の様子を思い出させる方向を向いていた。優佳の狙いどおりに。

　桜子がこめかみに指先を当てた。

「神山くんは、先生を独占したかった。独占したつもりだった。大学に進学してからも、予備校の先生に相談しているのは自分だけだと。でもそうじゃないことがわかってしまった。それが原因だったの？」

　桜子は救いを求めるように視線をさまよわせた。島野のところで固定する。

「うちの旦那は、先生のところに行くべきじゃなかったのかな」

「違うっ！」

島野が叫んだ。顔は赤いというより赤黒くなっている。

「あいつは、そんなガキなのか？　真鍋先生はママじゃないぞ。甘えてどうするんだ」

おお、と声を上げそうになった。桜子はほんの数言で、優佳が引き剝がした弾よけを再び装着したのだ。優佳がほんの少しだけ、不満そうな顔をした。珍しい表情。この女、一筋縄《ひとすじなわ》ではいかない——そう感じているのかもしれない。

おそらく島野は自覚していない。自分の性格や発言の傾向を桜子に読まれ、巧《たく》みに操《あやつ》られていることに。

その証拠に、島野は今、騎士《きし》になっている。か弱い王子と王女を護る、騎士に。

「それを言いだしたら、大学院時代の悩みは、神山よりも湯村の方がよっぽど深刻だった。思い出せよ。湯村は自分の夢をあきらめるかどうかの瀬戸際《せとぎわ》に立っていて、すがるように真鍋先生のところに行ったんだ。でも神山はその頃、順調に研究を進めていた。そのうえでどの道に進むのが最も効率的かなんて、贅沢《ぜいたく》な悩みを相談に行ったんだ。相談の必要を考えたら、むしろ神山こそ、先生の元に行くべきじゃなかったんだ。そうじゃないか？」

島野の熱弁を聞きながら、わたしは事件について、しばし忘れていた。島野は一貫して神山を非難している。正論だ。彼は殺人を犯したのであり、被害者は自分たちの恩人だから、自分たちも賛成しやすいはずだ。しかし、なぜか純粋な気持ちで賛同できない。

当初から感じているように、彼の正論が、保身を目的にしたものだからだろうか。神山を非難することによって、彼の罪と自分を切り離す。そうやって自分を護ろうとする意識が働いているのが見えるからか。それはつまり、友人を見捨てる行為でもある。だから引っかかるのか。

でも、それだけではない気がしている。友だちだから怒っている。島野はそう言った。それもまた、本音に聞こえた。とすると、島野は神山を見捨ててはいないのか。神山と自分を切り離すことで、身を護っているわけではないのか。

とはいえ、島野の神山に対する怒りは本物だ。本気で怒っているのは間違いないと思う。だからこそ桜子は島野を利用しているのであり、島野は怒りを更に増幅させている。

「島野くん、言い過ぎ」

「そこまで言うの？」

珠里と瑠奈が同時に言った。正面から女性二人に非難され、島野がたじろぐ。

先に珠里が続けた。

「神山くんがやったことが、湯村くんのせいであるはずはない。それについては賛成だよ。でも今までの神山くんの努力まで、否定することはないんじゃないの？」

「え、あ……」

急に責められる側に立たされ、島野が返事に窮《きゅう》する。今度は瑠奈が島野を睨みつけた。

「広川くんは、行動だけが美徳だと言った。島野くんも賛成してたよね。神山くんこそが、最も行動していたと。それなのに、今になって自分の意見を否定するの？　島野くんに、そんな権利があるの？」

なんだか、妙な展開になってきたぞ。友人に対する正論は、仲間うちの不興を買う。その傾向は、先ほどもあった。しかし島野は今日の主役を護ろうとするあまり、正論で突っ走ってしまった。

湯村はおろおろしているように見えた。自分をかばってくれた島野が、今度は非難を受けている。申し訳ない気持ちがあるけれど、的確な言葉を口にすることができない。そんな感じだ。ロボット事業で成功するためには、様々な難題を解決する必要があったろう。だからトラブル対応能力は鍛えられているはずなのに、今はそれがまったく機能していない。応用が利かない種類の能力なのだろうか。

桜子はどうだ。盾にした張本人は。桜子は無表情だった。夫のように困った顔をしているわけではないし、珠里や瑠奈と一緒になって責める様子もない。ただ、事態の推移を見守っていた。

「まあまあ」

優佳が割って入った。日本酒の四合瓶を取るが、空になっているのに気づいて、新しい瓶を開栓した。島野、珠里、瑠奈のグラスに注いでやる。

「島野くんが怒ってるのは、神山くんが先生を殴ったからだけじゃないよね」

そんなことを言った。意味がわからない。島野に対して怒りをあらわにしていた珠里と瑠奈も、きょとんとしている。桜子は怪訝《けげん》な顔をした。何を言いだすのかと。

優佳は少し上目遣いに島野を見た。

「島野くんが本当に怒っているのは、神山くんが自分で自分の夢を潰したからなんでしょ？」

島野の身体がびくりと震えた。

「神山くんは逮捕された。やったこと自体に疑いはないんだから、解雇は間違いないでしょう。罪を償った後、同じような研究職に就《つ》ける可能性は相当低い。大学に戻って研究しようにも、服役している間のブランクを、取り戻せるかどうか。年齢も年齢だし、大学の研究室も入れてくれるか、わからない。運良く研究生活に戻れたとしても、今のような一線の研究者ではなくなってしまう」

優佳は、淡々と神山の将来を予想してみせた。瑠奈がいやいやするように身をよじる。これ以上、聞きたくないと。しかし優佳は話をやめなかった。

「神山くんはあの一撃で、先生だけでなく自分の夢まで葬《ほうむ》ってしまった。島野くんは、神山くんが今まで最大限の努力をしていたことを知っている。それを神山くん自身が台無しにしてしまったから、怒ってるんだよね。世良ちゃんや福ちゃんが言うように、島野くんが神山くんの努力を否定したわけじゃない。否定したのは、神山くん自身。だからこそ、島野くんはこれほど怒っている」

そうか。先ほどからの疑念も、ようやく晴れた。島野は、決して保身のために怒っていたわけではなかった。誰よりも神山に感情移入してしまったがために、怒らざるを得なかったのか。

島野がまた日本酒を一気に飲み干した。優佳が注いでやる。

「わたしは十五年ぶりの再会だから、余計にわかる。島野くんは、誰よりも神山くんを応援していた。神山くんこそが、夢に向かって一直線だったから」

「そうだよ」島野が呻《うめ》いた。「それなのに、あいつは……」

「でもね」優佳の声は優しかった。「神山くんの夢はこんな形で破れちゃったけど、島野くんの今までの応援が否定されたわけじゃないからね」

ぐう、とくぐもった音が鳴った。島野の喉が立てた音だ。

「神山は」島野の声が震えた。「あいつは、頑張ってたんだ。夢を叶えるために。あいつは夢を追う資格を持っていた。とっくの昔にあきらめた俺と違って。あいつには、できたはずなんだ。あいつなら」

「島野くん」珠里がそっと言った。「島野くんは、神山くんを応援することで、自分も……？」

島野は応援することで、神山に自分を重ね合わせていた。そういうことなのか。

「ああ、そうさっ！」

島野が叫んだ。「みんな、夢を追い続けてる。親父《おやじ》さんの会社に入った広川は、MBAを取った。湯村も神山も福永さんも上杉さんも大庭さんも、みんな大学院に進学した。世良さんは政界に転身するための準備を着々と整えてた。俺だけだ。夢を捨てなきゃならなかったのは、俺だけなんだ。みんなは野球部のレギュラーで、俺はマネージャーだった。みんなが甲子園のグラウンドで試合をしてるとき、俺はスタンドから応援してた。それでもよかった。みんなが活躍すれば、友だちとして嬉しかった。だから、湯村がロボットと関係のない商社に入ったときに、誰よりもがっかりしたのは俺だ。神山の会社で問題が起こったとき、誰よりも心配したのは俺だ。それが悪いか？」

「悪くない」珠里が真剣な顔で答える。「島野くんは、悪くないよ」

島野の目から大粒の涙がこぼれた。

「俺は、自己満足のためにみんなを応援した。そのとおりだよ。でも、いいだろ？友だちなんだから。だから俺の期待を裏切った神山に怒った。身勝手なのはわかってるよ。でも、それくらいいいじゃないか。友だち、なんだか――」

最後は言葉にならなかった。島野は大声を上げて泣き出した。誰も言葉を発しない。静まりかえった部屋に、島野の泣き声だけが響いた。

広川が音もなく立ち上がった。洗面所に消え、水を入れたグラスを持って戻ってきた。島野に差し出す。「ほら」

島野の泣き声がやんだ。ぐしゃぐしゃの顔でグラスを受け取る。一気に水を飲んで、むせた。鼻と口から水を垂らしている。珠里がティッシュペーパーを一枚取って、島野に渡す。島野は受け取って顔を拭いた。もう一枚。今度は鼻をかんだ。

「島野」広川が肩に手を当てる。「少し、休もう」

島野が立ち上がる。動揺のためか飲み過ぎのためか、大きくふらついた。広川が両手で支えるようにして、島野を連れて部屋を出て行った。

わたしは、半《なか》ば呆然《ぼうぜん》と事態の推移を見つめていた。

どうして、こんなことになった？

推移は理解している。桜子は、神山が暴挙に出たきっかけが自分だと悟られないよう、神山を非難し続ける島野を利用した。

島野は桜子の期待どおり、熱弁を振るった。悪いのは神山だけなんだと。そうすることによって場の面々が思考停止に陥り、これ以上事件について考えないようにするのが、桜子の目的だった。

しかし優佳が待ったをかけた。最初は、神山は絶対悪などではなく、迷える子羊だったのだと。みんな納得しかけたところで、桜子がさらに場を動かした。湯村を悪者に擬することで、さらなる島野の暴走を呼んだ。

優佳はそんな事態にも、うまく対処した。島野の内面を丁寧に説明することによって、島野を縛っていた事件の呪《のろ》いからも解き放った。けれど正気に戻った島野は、事件の衝撃をまともに受けてしまった。結果、島野は我を失い、退場することになった。

事件が島野に与えた衝撃は、それほど大きかったのか――そんなふうに感心するほど、わたしも素朴ではない。島野の暴走を招いたのは、桜子の仕掛けだった。彼女が島野の興奮を、制御不能なところまで上昇させたといえる。桜子には、その自覚があるのか。

桜子は無表情だった。それなりに飲んでいるはずなのに、色白の顔はほとんど変化していない。ただ、じっと何かを考えているように見える。

それだけではない。気になることがある。桜子の隣では、夫の湯村が泣きそうな顔をしている。友人が恩師を殴り殺したばかりか、もう一人の友人が勝手に興奮して勝手に泣き出したのだ。今日の主役はどうすることもできず、ただ途方に暮れている。それなのに妻ときたら、夫などいないかのように振る舞っている。

優佳はどうか。優佳は悲しげな表情を浮かべていた。島野の心情に思いを馳せる、この場に最もふさわしい表情を。それは当然のことだ。彼女は碓氷優佳なのだから。

優佳は、島野の暴走を止めた。彼のためにも、それでよかったと思う。あのまま暴走を続けていたら、珠里や瑠奈との衝突が激しくなり、トーエンの人間関係には決定的な亀裂が入っていたことだろう。十五年ぶりに現れた優佳が、トーエンを救った

――本当に、そうか？

優佳は、今、何をしているのか。桜子の謎を解いている最中ではないか。桜子は様々な煙幕を張って、疑惑が自分に向かないようにしている。優佳はそれらを丁寧に払っていき、問題を浮き彫りにしようとしている。そんなときに、島野が騎士気取りで桜子をかばったら、優佳はどうするのか。島野の排除にかかるのではないか。強硬に神山の非を主張する島野もまた、秘密を抱えていた。自分自身すら意識していなかった欺瞞《ぎまん》を。優佳は島野の心の秘密を解き明かし、それによって彼を解放した。

優佳は謎を見つけ出し、解かずにはいられない性格だ。ただし、解くだけ。解いた後、秘密を抱えていた人間がどうなろうが、知ったことではない。結果として島野が壊れてしまっても、彼女にとってはどうでもいいことなのだ。

島野にダメージを与えずに彼を解放することは、できなかったのかもしれない。仮に優佳が島野を傷つけたくなかったとしても、どうしようもなかったのかもしれない。けれど優佳がそんな努力をするとは思えなかった。彼女はただ、桜子の盾を取り除きたかっただけなのだ。

桜子は無表情だった。盾を失った彼女は、いったいどうするつもりなのか。それ以前に、どうして彼女はあんなことをしたのか。なぜ真鍋先生を害そうとしたのか。
謎は、まだ解けていない。

第五章　矛《ほこ》

広川が戻ってきた。元いた場所に座り直す。隣の湯村との間に隙間《すきま》がある。先ほどまで島野が座っていた場所が空いているからだ。

「眠ったよ」

日本酒を飲んだ。ひとつ息をつく。「相当飲んでたから、熟睡はできないと思う。ベッドで吐いて、これ以上ホテルに迷惑をかけなきゃいいけど」

島野に負けず劣らず、大人臭い発言だ。

「ありがと」

珠里が短く礼を言った。お互いの目を見ずに酒を飲む。

いったい、何をやっているんだろうと思う。わたしたちは、真鍋先生を悼むために、ここで酒を飲んでいる。その席で島野が爆発し、退場した。だったら、ここでお開きにしていいのではないか。わたしたちはすでに、真鍋先生との思い出にも十分浸《ひた》ったし、加害者である神山の心情にも十分思いを馳せている。

そう考えても、いいはずだ。普通なら、わたし自身がそう主張するところだ。けれどわたしは知ってしまった。神山の凶行の裏で、桜子が糸を引いていたことを。だから解散を提案しづらい。桜子の狙いは何だったのか。それを知らないうちは、この場を離れるわけにはいかない。仲間が仲間を使って恩師を殺害したのだ。このまま放っておいては、わたしは今後トーエンの集まりに、素直な気持ちで参加できなくなってしまう。

優佳も同様だろう。お開きにしてしまえば、集まる機会は明日の朝食だけになってしまう。朝食を摂《と》れば解散だ。こんな事件があった後だから、日曜日もどこかに遊びに行こうなどと言いだす者はいない。事件の謎を解く機会は失われる。今夜しかないのだ。

では桜子はどうか。雑談に紛《まぎ》れ込ませたメッセージは、桜子にとって鬱陶《うっとう》しいものであるはずだ。彼女こそ、ここで解散を打ち出した方がいいように思える。にもかかわらず、桜子はこの場を動こうとしない。他の誰かが言いだすのを待っているのだろうか。後ろ暗いところがあるから逃げたのだと、優佳に思われないように。あるいは、今夜中に優佳を丸め込んでおくべきだと考えているのか。

幹事の広川も、また酒を飲み始めた。ここは広川の部屋だ。彼がお開きを提案するというのは、部屋を出て行けと言うのと同義だ。幹事として切り出しづらいというのは理解できる。

湯村は今日の主役だ。主役というのは、逆に決定権がない。他の出席者の神輿《みこし》に乗るのが役目だからだ。だから、ただこの場に座っているしかない。

珠里と瑠奈も腰を上げない。サバサバしている珠里辺りが「じゃあ、あたしは寝るよ」と言えば、自然とお開きの流れになるだろう。彼女たちが言いださないのは、やはり島野の爆発が影響しているのだろうか。島野個人の事情が原因とはいえ、仲間に与えた影響は大きい。神山が事件を起こした直後と同様、すぐに解散しては自分の動揺を処理できないまま一人になってしまう。それを避けたいのかもしれない。

それぞれの事情は想像するしかないけれど、誰も席を立とうとせず、酒を飲んでいる。ただ、ペースを落としているようだ。目の前で島野が痛飲《つういん》した挙げ句、自滅するように退場したのを目の当《ま》たりにしたせいだろうか。誰もがちびりちびりとグラスに口をつけ、時折ビーフジャーキーやさきいかをつまむ。

広川がため息をついた。今日、何度目のため息だろう。

「島野が、あんなふうになるなんて」

グラスの日本酒を見つめる。「仲間うちじゃ、あいつが最もうまくいっていると思ってたんだけどな。子供の頃からの夢を早々とあきらめて、現実路線に乗り換えた。職場はこれ以上ないくらい安定してるし、結婚も子供ができるのも、あいつが一番乗りだった。島野は夢を捨てた代わりに幸せを手に入れた。そう思ってた」

「それを言うなら、広川くんだって」瑠奈が広川の方を見ずに言った。「夢を捨てないまま、幸せそうだよ」

「幸せだよ」広川は全然幸せそうでない顔で答えた。「でも俺は、しょせん親の敷いたレールに乗っかってるだけだからな。自分の努力で手に入れたわけじゃない。その点で、島野とは決定的に違う」

「自虐的な発言はやめなよ」珠里が遮る。「それじゃ、それこそ島野くんになっちゃうよ」

「そうか。そうだな」またため息。「すまない」

「謝ることでもないけど」

「広川くんが言いたいのは」気まずい雰囲気になる前に、優佳が口を開いた。「夢を捨てて実を取った島野くんでも、やっぱり後悔してたってことだよね。だから、ひたすら夢を追う神山くんに、本来なりたかった自分を投影した」

「そうだな」広川がぼんやりと宙を眺めた。その視線の先にいるのは、神山か、それとも島野か。

「でも、島野は変わりようがない。世良さんが言ったように、あいつには護るべきものがある。今日をきっかけにして、また夢を追うなんてことはできない。市役所を辞めて昆虫を追いかけたりできないんだ。今夜はあんなに取り乱したけど、明日の朝になったら、いつもの島野に戻ってるはずだ」

「そう思う。ってか、そうなってもらわなきゃ困る」

珠里が日本酒を飲み干した。広川が四合瓶を持って注いでやる。しかしいくらも注がないうちになくなった。クーラーボックスの脇に視線をやるが、そこに新しい日本酒はなかった。

「日本酒がなくなった」平板な口調で言った。「けっこうな本数を買ってたと思ったんだけど」

「あらかた島野くんが飲んだんじゃないの」

「ワインならあるよ」

「うーん」珠里が頭を掻いた。「じゃあ、ワインでいいよ。ボトルで殴らないなら」

きわどい冗談だ。瑠奈が苦虫《にがむし》を嚙み潰したような顔をする。広川は苦笑して赤ワインのボトルを取った。ラベルにカンガルーの絵が描いてあるから、オーストラリアのワインなのだろう。キリッと音を立てて、スクリューキャップを開ける。

珠里がグラスの底に溜《た》まった日本酒を飲み干した。そのままグラスを広川の方に差し出す。広川が目を丸くした。

「グラスをすすがなくていいのか？」

ワインに日本酒の味が混ざっていいのか、という質問だ。珠里が申し訳なさそうな顔をする。

「さすがに、いい加減すぎるかな」

「いや、世良さんがそれでいいなら、いいけど」

日本酒の匂いが残るグラスに赤ワインを注ぐ。そのまま、くい、とグラスを傾ける。

「いかんな。これじゃ、あたしが島野くんになっちゃう」

「よしてよ」桜子が唇を曲げた。「安定感が、世良ちゃんの売りでしょ」

「まあね」また赤ワインをひと口飲む。「ガキども相手にはらわたが煮えくりかえっても、優しげに振る舞える程度には安定してるよ」

本気か冗談かわからない科白だ。優佳が瞬きした。

「そういえば、世良ちゃんはどこで小学校の先生をしてるの？」

校名でなく地名を訊いたということは、珠里が公立小学校に勤務しているという前提での質問だろう。学校名を訊いてもわからないだろうから、自治体の名前を訊いたわけだ。話題作りとしては適切な質問だといえた。

珠里が唇の左右を吊り上げた。

「聞いて驚け。三鷹《みたか》市の学校だよ。その名も、碩徳小学校」

「…………」珍しくも、優佳が絶句して口を開けた。「碩徳？」

「そう。碓氷ちゃんと上杉ちゃんは、姉妹校の碩徳横浜高校だったでしょ？　あたしは東京の、本家碩徳の小学校勤務だよ」

これまた珍しく、優佳が表情の選択に困ったような顔になった。

「碩徳小学校って、坊ちゃん嬢ちゃんの学校じゃない」

わたしたちが通っていた横浜校を含めて、碩徳はお嬢様学校と呼ばれている。小学校は男女共学だけれど、世間の認識は同じだ。学童の教育支援が、珠里が政治家を志した理由だった。支援が必要というくらいだから、困窮《こんきゅう》した子供が彼女のテーマのはずだ。それなのにお金持ちの子弟が通う学校に勤めてどうするんだ。そう感じているのだろう。かつてわたしが感じたように。

珠里は頭を掻いた。

「一応は、考えたんだよ。碩徳の小、中、高、大のどこかにいた人で、政治家が何人かいるじゃんか。碩徳に籍を置くことで、そのツテが使えないかと思ったんだ。いくら何でも、公立小学校の先生がいきなり立候補しても、票は集まらない」

「まあ、確かにね」

「ＯＢ、ＯＧの政治家でそこそこ頭角を現してる人がいるから、その人が政治塾とかを立ち上げたら、応募しようと考えてた。でも、そう簡単にはいかないもんだね。結局この歳まで、一介の女教師を続けてる」

「この歳って」優佳がすぐさまこの場に最もふさわしい表情に切り替えた。激励の表情に。「まだ三十代半ばじゃない。二世議員でもなけりゃ、政治家の世界じゃ青二才もいいとこでしょ」

「それは、そうだけどさ」

「別に、無理に卒業生を頼らなくてもいいように思うけど。政治塾なんて、今どきあちこちにできてるでしょ」

「いやいや」珠里の顔が真剣なものになる。「どこでもいいってわけじゃないよ。一応、わたしにも政策らしきものがあるから。それが実現できる政党じゃないと、入っても意味がない。政治家になること自体が目標じゃなくて、政策を実現するのが目標なんだから」

「それもそうだ」優佳が感心したようにうなずく。「すると、世良ちゃんにとっての成功は、自分が立案した法案が、議員立法で成立することか」

「そういうこと」

「ふむ」桜子が何かを考えるように宙を睨んだ。「そのことについて、真鍋先生に相談しなかったの？」

「したよ。予備校時代に」珠里が赤ワインを飲む。「政策実現が目標なんだから、政治家じゃなくて文部科学省の官僚になるって選択肢もあるからね。元通産省官僚だった真鍋先生に相談しない手はないでしょ」

「それで、どうだったの？」

わたしは口に出した瞬間に後悔していた。バカな質問だ。珠里は官僚でなく政治家を選んだのだ。真鍋先生がどんなアドバイスをしたのかは、一目瞭然《いちもくりょうぜん》だ。はたして珠里は、質問されたことに驚いたような顔をした。それでも、きちんと答えてくれた。

「霞が関に来るのは、お勧めできないって言われた。よく政治家は官僚の言いなりになっているだけみたいな話がされるけど、実際はそんな簡単なものじゃないらしい。官僚組織の中で自分の思い描く政策を実現するためには、他のライバルを蹴落《けお》として、それなりの地位に就かなけりゃならない。異動とかもあるから、実現までには相当の時間がかかると思った方がいい。もちろん政治家にもいろいろ面倒くさいことがあるけど、こと政策実現に関していえば、政治家になった方がいいって」

桜子が曖昧にうなずいた。

「わたしの知識では本当にそうなのかわからないけど、真鍋先生が言ったんだから、間違いないんだろうね。じゃあ、政治家とつながりのできそうな学校の教師になるってのも、先生のアドバイス？」

「いや、それは違う」珠里はあっさりと首を振った。「先生に相談したのは、政治家になるのと官僚になるのと、どっちが有利かってことだけだよ。ほら、学部選定に影響するじゃんか。政治家になるのなら、その前に学校の先生になることは決めてた。だから教育学部を志望するか、法学部を志望するかの選択になる」

確かに珠里は、都内の一流大学の、教育人間科学部に進学した。そこで小学校教諭一種免許状を取得して、望みどおり教職に就いたのだ。

「あたしだって、自分の頭で考えたんだって――おっと」

珠里は慌てて湯村に手を振ってみせた。

「別に、湯村くんが頭を使ってないなんて、言ってないからね」

湯村が弱々しく微笑んだ。「わかってるよ」

「そう。さっきも言ったように、実際に行動したのは湯村だからな。その点では、世良さんも同じだ」

広川のフォローに、珠里は安堵の表情を浮かべた。

「じゃあ」桜子が話を元に戻した。「大学で教員免許を取って、先生になった。計画どおりってことなんだ」

「そうだよ」

「計画どおり」桜子が繰り返した。ほんの少し、上目遣いになる。「……今でも？」

珠里の表情が固まった。まじまじと桜子の整った顔を見る。しかし桜子から何の情報も得られないとわかると、目を逸らした。

「計画どおり、といっていいんじゃないかな。さっき説明したとおり、碩徳がらみの政治家さんが、塾生を募集するタイミングを待っているわけだから。今はまだ実現していないってだけで、現在も継続中」

言い訳の響きが交じっていただろうか。

島野は、未練はあったにせよ夢をすっぱりあきらめて、その代わりに堅実な生活を手に入れた。

神山や瑠奈は、夢の実現を最優先として、すべての生活環境を組み立てている。独身のままであることを夢の責任にするかどうかは別だとしても、少なくとも他人のために余計な時間を割《さ》かなくて済んでいる。

わたしや広川は、結婚して家庭生活を営みながら、夢の実現についてはきちんと仕事に組み込んでいる。地に足のついた生活設計といえるだろう。優佳も同様だ。

珠里はいずれにも属していない。夢を実現させるためのレールは外れていないのに、今現在は何もしていないのだ。教員の仕事も、政治家となったときに経験を活かすためと理由はつけられても、簡単に夢を切り離すことができる。私生活でも結婚して子供がいる。わたしや広川のグループに属していると主張できるけれど、傍《はた》から見れば完全に島野と同じだ。少なくとも、珠里が政治に興味を持つことを好まないという夫は、妻が夢をあきらめたものだと思い込んでいるだろう。

珠里自身はどうなのか。わたしが受けた印象では、夕方までの珠里は、日々の生活に追われ、夢のことを考えていないように思われた。つまり島野と同じだ。

しかし彼女は、湯村の成功譚《たん》を聞いてしまった。自信に満ちあふれ、輝いている湯村を目の当たりにして、珠里の心は揺らいだように見えた。自分は今のままでいいのか、真剣に考えていた。珠里の葛藤《かっとう》は、桜子にも感じ取れたはずだ。

桜子は「今でも?」のひと言で、あらためて珠里に迫ったのだ。お前はどちらを選ぶのかと。

なぜ桜子は、こんなストレートな質問をしたのだろう。

これが桜子の質問でなければ、納得できる。夢を捨てた島野が、事件をきっかけに、心の奥底にある鬱屈《うっくつ》を表に出してしまった。残された面々が、あらためて夢に向かって進んでいくことを確認できれば、同窓会は前向きに終了することができる。そのためにも、態度を曖昧にしている珠里の継続宣言を聞きたいのだと。

しかし問うたのは桜子だった。

危険だ。

心の中で警報が鳴っている。桜子は今、何をしているのか。疑っているぞというメッセージを優佳から受け取って、何とかごまかそうとしている最中ではないか。だったら、珠里に選択させるのも、その一環だと考えるべきだ。桜子は質問に答えさせることによって、珠里に何を期待していたのか。

仮に珠里が夢をあきらめるという選択をした場合、どうなる。島野がもう一人できあがるわけだけれど、かといって珠里が新たな弾よけの盾になるわけではない。あれは島野が神山に過度に感情移入していたからこそ可能だった。今さら珠里が神山の悪口をまくし立てるわけがない。

では、夢を実現させるため、また積極的に動くと決めた場合は、どうか。わたしや広川のグループに入るわけだから、盾としての役には立たない。慌てず急がず、着実に夢の実現に向けて歩みを進める。それがこのグループの特徴だ。桜子が利用価値を認めるとは思えない。珠里をどうこうする前に、幹事として責任を感じている広川を上手に操って、島野の役目を果たしてもらう方が早道という気がする。優佳がもし桜子の立場であれば、ためらいなくそうしただろう。しかし桜子は、その選択肢を採っていない。

しかも得られた答えは、どちらともいえない曖昧なものだった。「継続中」という、決めかねている答え。彼女は、どうするのか。

「でもさ、たとえば来月政治塾の募集が始まったら、どうする？」

桜子がそんなことを言った。珠里が嫌な顔をする。質問としては、仮定の話としてもレベルが低い。まるで小学生の質問だ。桜子らしくないと思っていたら、続きがあった。

「現状とか準備とかに関係なく、えいやって飛び込むしかないんじゃない？」

「うーん」珠里が難しい顔をした。「そのときになってみないとわからない。旦那が賛成しないままやっちゃったら、家庭が崩壊するからなあ」

「やっちゃえ、やっちゃえ」

「簡単に言わないでよ」

珠里の顔は渋いままだけれど、無責任なけしかけに腹を立てているというわけでもなさそうだ。むしろ、まんざらでもなさそうに見える。湯村の成功によって再び灯った、夢への憧《あこが》れ。桜子はそこに空気を送り込んだのだ。

「うちの旦那だって、駆け出しの商社マンの頃は仕事、仕事で大変だったんだから。社内ベンチャーの募集ってのは定期的にあるわけじゃなくて、経営陣の思いつきで唐突に告知されるらしいから、そこから大慌てで事業計画を練《ね》ったんだよ」

「まあね」話題が自分のフィールドになったせいか、湯村がやや落ち着きを取り戻した声で言った。「今思えば、あんな雑な計画で、よく社内審査が通ったもんだ」

「それは、学生時代ロボット工学を専攻してたっていう実績がものを言ったんじゃないの？　専門家が言うんだから、実現できるはずだって」

優佳のコメントに、一同が納得の声を上げる。桜子が大きくうなずく。

「だから世良ちゃんも、政治塾の募集がかかってから、急いで準備しても大丈夫なんじゃないの？　最初から完成された候補者なんていないんだから。いくら旦那さんが反対でも、政党や政治家から見込みありと判断されちゃったら、逆に反対しづらいでしょ。国がよくなる可能性を、ひとつ潰すことになりかねないわけだから」

「強引だな」広川が呆れた声を出した。

桜子がしれっと答える。

「そんなもんでしょ。考えてみたら、世良ちゃんはうちの旦那に状況が似てるよね。他の仕事を持ちながら、夢を追っているわけだし。しかも、真鍋先生のアドバイスで進路を決めたっていう共通点もある。縁起がいいよ」

そうか。

わたしは、桜子の意図がようやくわかった。先ほどのストレートな質問は、どちらかの答えを欲しているわけではなかった。夢をあきらめるか追い続けるか、どちらの答えであってもよかった。追い続ける方に煽《あお》るのが目的だったのだ。なぜなら、珠里もまた、真鍋先生のアドバイスを受けていたから。

神山は、大学進学後も真鍋先生に相談に乗ってもらっていた。湯村も同様だ。真鍋先生のアドバイスを受けた二人のうち、一人が成功し、一人が失敗した。だからこそ、神山の凶行の陰に桜子を見てしまう。

しかし、アドバイスを受けた人間が、もう一人いたらどうか。珠里は夢をあきらめていない。苦境にも陥っていない。自分の意志でチャンスを待っているだけ。チャンスさえ訪れたら、成功できる。できるに違いない。桜子は珠里を煽ることによって、みんなの心に、先生のアドバイスによって成功した人間は他にもいると印象づけたのだ。

「先生は、二人の教え子にアドバイスを与えた。その結果一人は成功して、一人は失敗した。失敗した方は、どう思うんだろうね」

優佳は神山が真鍋先生を襲った理由について、そう説明した。成功者が一人で失敗者も一人だから、話が単純になってしまう。単純だからこそ、優佳もわたしも、桜子の関与に気づいたのだ。他の仲間たちはまだ気づいていないようだけれど、優佳が説明すると、納得してしまうだろう。桜子は、それを避けたかった。

だから、設定を少しだけ複雑にしたのだ。失敗者は一人のままだけれど、成功者を二人にする。もちろん、今日の時点では、珠里はまだ成功者ではない。しかし、桜子にとってはそれでよかった。真鍋先生のアドバイスが効力を発していることさえ認識されればよかった。

真鍋先生のアドバイスを受けて成功したのが湯村一人だったら、その情報を流したのが桜子だという事実が重要な意味を持ってくる。しかし成功側の人間が複数いると、先生のアドバイスが相対的に軽くなっていく。桜子の行為は、いくつものアドバイスに紛れて、目立たなくなる。極端な話をすれば、トーエンのメンバー全員に先生のアドバイスを受けていてほしかったくらいだろう。

わたしは心の中でうなり声を上げた。

桜子が構えた島野という盾は、優佳によって壊されてしまった。しかし桜子は、すぐに次の対策を講じた。おそらく桜子は、珠里が真鍋先生のアドバイスで進学先を決めたなんて、今日はじめて聞いたのだろう。それなのに、新しく得た情報を上手に使って、新たな煙幕を張ったのだ。

大庭桜子——新姓湯村桜子。これほどの女だったのか。

わたしは優佳をちらりと見た。現在優佳は、桜子に言いたい放題にさせている。優佳は、桜子が珠里を利用していることに気づいていないのか。

「強引に行くのも、いいかも」

優佳が静かに言った。

「碩徳の議員さんが政治塾を開講するか、議員さんが所属している政党が候補者を一般公募するかのタイミングで強引に打って出るのは、いい考えだと思う。ただ、いざチャンスが巡《めぐ》ってきたときに、すぐに動けるだけの最低限の準備はしてなけりゃいけないよね」

「それなんだよ」珠里が自分の額をぺしゃりと叩いた。「学校ってのは、本当に細かい仕事が山ほどあってね。実は拘束時間が結構長いんだ。家に帰ったら帰ったで、家事と自分の子育てがあるから、自分のために使える時間がほとんどないんだよ」

「そうなんだ。お子さんは、いくつ？」

「五歳。年中さんだよ」

「お子さんは碩徳に入れるの？」

「やだよ、あんな学費の高い学校」

即答に、仲間たちが一斉《いっせい》にうなだれた。優佳も苦笑する。珠里は人差し指で鼻の頭を掻いた。

「まあ学費はともかく、他の先生たちも、やっぱりやりにくいよ。子供が何か問題を起こしたら、こっちも居づらくなるし」

「それもそうか。ともかく、お子さんがまだ小学校にも上がってないなら、まだまだ手がかかるね。小学校に上がったら、習い事も増えるだろうし」

「頭が痛いよ」


実際に頭を抱えてみせた。

「実際に手がかからなくなるのは、大学に進学してからかな。先は長いね」

「うん。途方に暮れる」


優佳が困った顔になった。

「旦那さんなら強引に突破できると思うけど、そのときには、ある程度旦那さんにお子さんの面倒を見てもらわなきゃいけないね」

　珠里が「ぐえ」と呻いてのけぞった。

「そりゃまずい。ってか、できない。うちの旦那は、残業も休日出勤も出張も多いんだ。あたしが学校勤めで、職場がある程度子供の事情を慮ってくれるから対応できてるんでね。あたしが子供の送り迎えとかを受け持ってるんだ」

「ありゃ。そりゃ大変だ」優佳が目を丸くした。「うちの旦那も海外出張ばっかりだから、子供ができたら苦労するな」

「実際にしてるよ」

　珠里の顔が変わった。成功を夢見るトーエンの仲間から、地に足を着けた母親の顔に。

「まずいな」また言った。「調べたんだけど、政治塾は社会人相手だから、夜の開講なんだよ。勉強は子供が寝てからやればいいけど、塾に行っている間は、どうしようもないな」

　喋りながら、母親の顔が澱《よど》んできた。「難しいのかな」

「小学生になったら、ある程度放っておいてもいいんじゃない？　電子レンジくらい使えるだろうし――ごめん」

桜子がコメントを途中でやめた。珠里が本気で気分を害したのがわかったからだ。自分の子供を放っておいて、学童支援の政策もあったもんじゃない。珠里の目がそう言っている。

「まあ、焦ることはないよ」優佳が取りなすように言った。「お子さんが大学に入ってからでも、いいじゃない。その頃には教師経験が二十年を超えてるし、応援してくれる教え子もたくさんいるよ」

「うん……」

子供が大学に入学する頃といえば、珠里はもう四十代後半だ。そのくらいの年齢で初当選という人もいるだろうけれど、年齢が上がれば上がるほど実現の可能性は下がっていくのは間違いない。しかも会社経営で名を馳せた男性などではなく、一介の女教師なのだ。今でさえ、現状に満足して政治をあきらめようか迷っている。さらに十数年待てと言われれば、心は簡単に折れてしまう。――優佳が狙っているように。

優佳は、珠里に夢をあきらめろと言っている。それは珠里のためを思った発言ではない。優佳は、桜子の意図を理解していた。真鍋先生のアドバイスを受けて成功した人間が増えると面倒だから、その芽を摘《つ》んだのだ。珠里の置かれた状況を丁寧に分析し、彼女自身に自覚させることによって。

桜子も優佳の意図を理解した。だから横から口出ししたけれど、珠里に否定されてしまった。一度あんなふうに否定をされてしまうと、同様のアドバイスは続けにくい。桜子の煙幕は、優佳によって払われてしまった。またしても。桜子の様子を窺う。表情は変わっていなかったけれど、下唇を噛んでいた。

桜子は、何とか逃げ切ろうとしている。

優佳は、それを阻止しようとしている。

珠里は、二人のぶつかり合いに挟まれてしまった。かわいそうに。みるみるうちに、珠里はしょげかえってしまった。桜子が中途半端に煽ったおかげで、精神的なダメージはかえって大きくなった。

珠里がワインを呷った。

「頼むよ」

広川が珠里に言った。「飲み過ぎて、島野みたいにならないでくれよ」という意味だ。珠里はのろのろと顔を上げる。

「わかってる」

もうひと口だけワインを飲んで、グラスを畳の上に置いた。わたしは立ち上がって、バスルームに向かった。先ほど広川は、バスルームの洗面台から水を汲《く》んできた。珠里にも水が必要だろう。

洗面台には歯磨《みが》き用のグラスがふたつあった。ひとつは島野が使ったものだ。もうひとつは洗浄済みを示すビニールがかかっている。ビニールを取り去って水を汲んだ。畳の部屋に戻って珠里に差し出す。「はい」

「ありがと」短く礼を言って珠里が受け取る。ひと息に、半分飲んだ。アルコールの入っていないグラスを、ワインの入ったグラスの隣に置く。

わたしは元いた場所に戻る。高校生時代なら、このような行為は優佳の役割だった。けれど優佳は、動こうとはしなかった。桜子から目を離したくないのだろう。自分が席を外している間に、何を言いだすかわからないから。

水を飲んで落ち着いたのか、珠里の顔に生気が戻ってきた。表情も少し穏やかさを取り戻している。

「まあ、時間がかかっても、がんばるよ」

サバサバした口調で言った。わたしたちに心配をかけまいとしているのは明らかだ。だったら、水を差すべきではない。

「選挙区から立候補したら、投票できないかもしれない」

わたしが応える。「どうせなら比例区で出てよ」

珠里が口元で笑みを作ってみせた。「そうだね。頼むよ」

そして話題を変えるように仲間たちを見回した。

「ここには、まだまだ現役で夢を追ってる人がいるんだから。みんな、がんばりなさいよ」

「うん」わたしは短く答える。「いつ実現するか、見当もつかない。だから逆に焦らない」

「わたしもね」優佳が続いた。「一生やる覚悟だから」

しかし瑠奈の表情は晴れなかった。「続けられればいいんだけど」

瑠奈は講演の前、スポンサーになっている企業が撤退するかもしれないという話をしていた。地道にやることすらできない危機感が、瑠奈の気分を暗くしている。

夕方に話を聞いたかぎりでは、それほど深刻なものではなく、不安があるといったレベルだったように感じた。しかしより深刻度の高い神山が現れた。そしてその神山が、真鍋先生を殺害するという暴挙に出た。発作的な犯行なのか、前から真鍋先生を恨んだ結果なのかはわからなくても、あれが将来の自分の姿――今の瑠奈は、そう考えているのかもしれない。

「仮定の話として聞いてほしいんだけど」

珠里のときとは打って変わって、桜子が真剣な口調で言った。「もし、もしだよ、もし企業が撤退したら、具体的にはどうなるの？」

瑠奈はすぐに答えなかった。グラスにまだ残っている日本酒を飲む。

「今年度は大丈夫。もう、支払いも済んでるし。問題は来年度以降。教授が文科省から科研費を取ってきてくれるだろうけど、それで足りるようなら苦労はない。機密保持契約を結んでるから、じゃあ他の企業とやりましょう、というわけにもいかない」

「どんな契約になってるのか知らないけど」湯村が妻に劣らず真剣な顔で言った。「一方的な撤退だったら、こちら側が成果を自由に使えるよう交渉できると思うよ」

しかし瑠奈は髪を掻き上げながら、首を振った。

「共同で特許を出してるんだ。さすがに特許権は譲《ゆず》ってくれない。わたしたちの大学で単独に使う分にはなんとかなるかもしれないけど、新しい共同開発先が使うのを認めるわけがない。だから自分で出した特許を自分で回避する必要があるけど、我ながらあれをくぐり抜けるのは、至難の業《わざ》」

優佳が怪訝な顔をした。

「そんな強い特許を持ってるのなら、事業としては相当なアドバンテージがあるじゃない。みすみす撤退するとは思えない」

「設備投資金額の問題かもしれない」湯村が実務者の顔で言った。成功者として輝いていたときの顔に戻りつつある。

「宇宙エレベーターに使用するカーボンナノチューブなら、製造するのに必要な設備投資額も、並大抵じゃないだろう。日本を代表する大企業でさえ、単独でできるかどうか。たぶん、共同研究先の企業では、懸命に研究内容を査定してると思うよ。特許がどれだけ強くて、排他性があるか。実用化したときの市場規模はどのくらいか。福永さんは宇宙エレベーターでの使用を考えてるけど、カーボンナノチューブの応用範囲は広い。どの分野での設備投資なら回収できるかとかの判断が必要になる。経営の中でも技術経営って呼ばれる分野だな。その企業に、技術経営のわかる取締役がいればいいんだけど」

「そりゃ、いるでしょ。製造業なんだから」

「ところが、そうでもない。メーカーでも、意思決定機関は文系ばかりってところは、少なくないんだ」

　湯村の話は半分以上理解できなかったけど、ロボットという先端工学分野で新規事業を立ち上げた湯村の見立ては、信用していいと思えた。

桜子が低い声で夫に話しかけた。

「それで、あんたの見立てでは、どうなの」

「そんなの、わかんないよ」湯村は即答した。「カーボンナノチューブは専門外だ。判断するだけのデータがない。いい技術経営ができている会社は、事業の取捨選択がうまい。目先の利益を確保しながら、十年先、二十年先を見据《みす》えた研究開発を行っている。もし相手がそんな会社だったら、それほど心配する必要はないんだけど。福永さん、共同研究先を訊いていい？」

「ＣＮＴテクノロジーズ」

瑠奈が社名を答えると、湯村の表情が固まった。

「どうしたの？」

珠里がそっと尋ねると、湯村は「いや……」と言葉を濁《にご》した。

「ちょっと」珠里の表情が険《けわ》しくなる。「そんな中途半端な反応じゃ、福ちゃんが不安になるだけでしょ。どんな内容でも、正確に教えてあげなよ」

「え、えっと……」

湯村が困り果てたように瑠奈を見る。瑠奈は引きつった顔で湯村を見ていた。湯村が目を逸らす。しかし決心したように口を開いた。

「あそこはいい会社なんだよ」

ためらいがちに言った。

「CNTは仕事でつき合ったわけじゃない。同僚につき合いのある奴がいて、そいつの話だ。歴史は浅いけれど、技術力重視を打ち出していて、いい開発をすることで知られている新進企業だ。でも決定権を一手に握っていたカリスマ創業者が急死してから、風向きが変わった。カリスマがいなくなった経営陣が権力闘争に明け暮れた結果、専務が次期社長になったと聞いている。経営手腕は、未知数だ」

湯村が話し終えると、場に沈黙が落ちた。未知数という言葉は、本来はいいか悪いかわからないという意味だ。でも湯村の話しぶりから受ける印象では、新社長は正しい判断ができない人物なのではないか。そんな気がしてくる。

湯村がやや口調を変えた。

「でも、それほど心配する必要はないかもしれない。社長が替わったばかりのときは、急激な路線変更はしないことが多いんだ。特に、内部昇格のときはね。社内で深刻な路線対立があって、今までの非主流派が勝ったとかいう事情でもないかぎり、特に長期計画はそのまま続けられる。よっぽど無茶な開発でもなければ、そうしないと株主が安心しないんだ。事業にメスが入るのは、新政権が軌道《きどう》に乗った数年後だ。だから福永さんも、もう数年は大丈夫だと思う」

安心させることを優先したコメントに聞こえた。

瑠奈は信じていいかどうか、迷っているようだった。

桜子が焦《じ》れたように夫を見た。

「なんとかならないの？」

湯村が渋面を作った。「無茶言うなよ」

「社内ベンチャーを、もう一件立ち上げるとか」

「無理無理。福永さんの話を聞くかぎりでは、ほとんど国家プロジェクトだよ。うち程度の会社が関与してどうにかなるレベルの事業じゃない」

「国家プロジェクト」

桜子が反応した。「それほどの研究なら、いち企業が撤退したくらいで中断はしないんじゃないの？　さっき福ちゃんは契約とか特許の話をしてたけど、そんなことくらいで国が止めたりしないでしょう。すぐに他の企業が手を挙げて、元の会社はすごすごと引き下がるだけの気もする」

桜子の言い分は正しい気がする。しかし湯村は首を振った。

「いや、スケールがそのレベルってだけで、実際に国が関与しているかはわからない。CNTだって、社運をかけた事業のはずだよ。だから簡単に撤退できないと思うんだけど、会社の存亡に関わるのなら、大やけどする前に逃げ出すかもしれない」

桜子が下唇を突き出した。「結局、どっちなのよ」

「だから、わからないって。俺が言えるのは、ビジネスにおける一般論だけだ。大学とCNTの両方からヒアリングして、契約書を読み込んだら、何かわかるかもしれないけど」

決して実現しない話だ。瑠奈にもそれはわかっている。今までだって十分宙ぶらりんだったのに、湯村から細かく分析されてしまった。その上で宙ぶらりんが続いているのだから、精神的にはキツイだろう。

あれ？

確かに細々と解説したのは湯村だ。しかしそれを言わせているのは桜子ではないか。彼女は、また何かを企んでいる？

桜子がわざわざ瑠奈に言及したということは、今度は瑠奈を使って自分の身を護ろうというのだろうか。でも、どうやって。

真っ先に思いつくのは、さりげなく瑠奈を追い詰めて、神山のように絶望させてしまうことだ。しかし真鍋先生はもういないし、瑠奈が絶望したところで、自分から疑いを逸らす効果はない。

では逆か。夫を使って、瑠奈の研究に光明が見出せれば、何らかの効果は得られるだろうか。瑠奈は進路について、真鍋先生のアドバイスを受けたわけではない。だから珠里と同じ使い方はできない。ということは、わたしがまだ思いつかない狙いがあるのだろう。

島野。珠里。そして瑠奈。桜子もなかなかしつこい。それほどまでに隠したいのだろうか。それはそうか。恩師の死に自分が関与しているなどと、気づかれるわけにはいかないのだから。

優佳はどうなのか。桜子の防御は次々と突破しているけれど、彼女の謎を解いているわけではない。優佳には目処《めど》が立っているのだろうか。それとも途方に暮れているのだろうか。

わたしはどうする。おそらくは、桜子と優佳以外で、桜子の行為を知っている唯一《ゆいいつ》の人間だ。わたしは優佳を信頼できるのか。信頼して、任せられるのか。

信頼できる。そう断言できた。高校卒業時に袂《たもと》を分かって、それ以来十五年も連絡を取っていなかった相手なのに、なぜか信頼は揺らいでいない。不思議なものだけれど、ここは自分の判断を信じよう。

瑠奈が頭を掻きむしった。決して清潔とはいえないその手でグラスを持ち、日本酒を飲み干した。わたしはワインボトルを手に取る。

「どう？」

「ちょうだい」グラスをこちらに差し出してくる。

「グラス、洗わなくていい？」

「世良ちゃん、変な味になった？」

「いや、まったくわからなかった」

「じゃあ、このままでいいや」

「オッケー」

ワインボトルを傾けて、グラスにワインを注ぐ。自分があまり飲まないからといって、少なめに注ぐと、けちな印象を与えるかもしれない。なみなみとはいわないまでも、多めに注ごう。

「サンキュ」

周囲を見回す。他に空いているグラスはないようだった。瑠奈がわたしのグラスを見る。わたしのグラスは空になっていた。わたしからワインボトルを受け取った。

「そのままでいい？」

「いいよ」わたしもグラスを瑠奈に向けて差し出した。「そんなに酒の味がわかるわけじゃないし」

瑠奈がワインを注いでくれる。同じくらいの量。わたしには多すぎるけれど、文句を言うようなことではない。礼を言って、こぼれないよう少しだけ飲んで、量を減らす。瑠奈も同じようにしていた。

「うん」湯村が自分に向かってするようにうなずいた。

「考えれば考えるほど、福永さんの研究は大丈夫な気がしてきた」

桜子が瞬きした。「っていうと？」

「状況を考えると、ＣＮＴは少なくとも来年度までは継続の判断を下すと思う。だからあと一年半の間に方法を考える」

桜子が顔をしかめる。「それじゃあ、解決でもなんでもないじゃないの」

しかし湯村は動揺しなかった。

「俺の経験から考えられる対応策は三つある。ひとつは、契約が続いている間に、ＣＮＴが研究を続けたくなるような成果を出すことだ。論文でも特許でも、何でもいい。目に見える成果だ。出向してきている社員に土産《みやげ》として持たせれば、経営陣だって継続の判断を下すだろう」

しかし瑠奈の表情は冴えないままだ。ということは、一年や一年半でまとまる見込みは薄いのだろう。湯村は瑠奈の反応を確認して、話を続けた。

「ふたつ目は、契約と特許をクリアすることだ。契約は、さっきも言ったように、交渉のやりようがある。弁護士に相談すれば、いいアドバイスをもらえると思う。特許は、解決手段がさらにふたつある。ひとつは、新しい共同研究先が事業化する際、CNTに特許料を支払うことだ。一番簡単で確実だよ。もっとも、ライバル会社に特許料を支払うのを嫌う企業はたくさんあるけどね。その際には、逃げるテクニックがある。CNTが宇宙エレベーター事業から手を引いたとしても、他のカーボンナノチューブ事業には参入するだろう。強い特許を持っているのならね。そして参入する際には、その特許技術を使うことになる。それを邪魔するんだ。キーになっている強い特許の周辺を取り囲むように、せこい特許をたくさん出すんだよ。キーになっている特許を行使しようとすれば、必ず周辺のせこい特許のどれかに引っかかるようにしておく。そうしたら、こちらもキーになる特許が使えない代わりに、CNTも特許を使いたくても使えない。双方がどうしようもない状況にしておいて、交渉に入る。お互いが無償で使い合うというような。それで特許問題は解決だ」

「まったくちんぷんかんぷんだったけど」湯村の妻がコメントする。「要は、なんとかなるかもしれないってことだね」

「そう。対応策の三つ目は、もっとシンプルだ。今の研究室で研究が続けられないのなら、福永さんが移籍すればいい」

「えっ」

瑠奈が絶句した。しかし湯村は当たり前のような顔をしている。

「海外じゃ、普通に行われていることだ。カーボンナノチューブの研究をしている研究機関はまだまだあるだろう。福永さんが特許を出しているのなら、ライバル企業や研究機関は、みんな福永さんの名前を見ている。雇ってくれるところは、必ずあると思うよ」

「………………」

瑠奈は穴が開くほど湯村の顔を見つめていた。「……本気で、言ってるの？」

「うん」湯村はあっさり首肯した。「悪い？」

「いや、悪くないけど……」

瑠奈は戸惑ったような声を上げた。落ち着きなく視線を泳がせる。

無理もない。大学にいると、そう簡単にポストは見つからないという認識が一般的だ。言葉の問題があるから、海外では普通と言われても、自分には当てはめられない。企業に就職しようにも、三十代半ばの博士号取得者を雇ってくれる企業は多くない。今日に至るまで、瑠奈は今の研究室から離れることなど、想像もしていなかっただろう。

それを、湯村は提案した。真鍋先生が亡くなったばかりのときのような、悄然《しょうぜん》とした湯村ではない。成功者として自信に満ちあふれた顔で。

「すごいじゃんか」

わたしは感嘆《かんたん》の声を出した。「ビジネスで揉まれると、そんなにすらすらと対策が出てくるんだね」

「そんな大層なものじゃないよ」湯村がはにかんだような顔をした。「今のは、あんまり頭を使わずに出てくるレベルの話だ。実際の福永さんの研究室の状況をよく知らないから、一般論の域を出ないし」

「それでも、すごいよ」わたしは瑠奈に顔を向けた。瑠奈は優佳を挟んだ反対側にいる。「どう？」

「どうって言われても……」

瑠奈は頭を振った。「わからない。考えられない。戻って教授に相談してみる。研究室を出る話は別だけど」

「そりゃそうだ」

しかし瑠奈は、解決策を提示されて、喜んでいるようには見えなかった。冴えない、というより暗い表情をグラスに向けていた。しばらくそのまま黙っていたけれど、やがてゆっくり手を伸ばしてグラスを取った。ワインを飲む。

「神山くんも、湯村くんに相談すればよかったのかな」

ぽつりと言った。湯村の顔が引き締《し》まる。

「神山くんは真鍋先生のアドバイスに従って、今の会社に入った。そこで困ったことになった。だったら、今度は湯村くんに相談すればよかったのかな」

「…………」

湯村は答えられない。嫌な感じがした。瑠奈の内圧が次第に高まっているように見える。この感覚には、憶えがある。そう、つい、さっき——。

瑠奈は顔を上げた。

「そしたら、湯村くんは神山くんに転職を勧めたのかな。そうでなければ、大学に戻るように言うとか。神山くんは同窓会に来る前に湯村くんに会っていれば、あんなことにはならなかったのかな」

瑠奈の声が次第に大きくなっていった。湯村はきゅっと唇を引き結ぶ。

「それは、わからない。でも、もし神山が会いにきてくれたら、できるだけのことはしたと思う」

「成功者が失敗者を助けるのは当然だって？」

湯村が口を開く前に、瑠奈は言葉を続けた。

「ごめん。こんなこと言っちゃいけないのは、わかってる。ただの八つ当たりなのも。でも、やっぱりキツイよ。こっちは本当にしんどい思いをしてるのに、成功した湯村くんから助言を受けるなんて。わたし、あのとき、どうして神山くんがキレたかわかった。成功者と失敗者は、一緒にいちゃいけなかったんだよ。階層ができたの。成功者と失敗者では、身分が違うんだよ。平民の自分が苦しんでるのに、貴族のみんなが楽しそうに笑ってる。そんな感覚。だから、神山くんはあんなことをしたんだ」

「待って」珠里が割って入った。「湯村くんを祝おうってのは、みんなで決めたことじゃない」

「わかってるよ！」瑠奈が叫んだ。「わたしだって、たぶん神山くんだって、案内が来たときにはそのつもりだった。本当におめでとうって思ったよ。でも、来てみたら違った。みんなは、悩みなく夢を追い続けている。でも神山くんもわたしも、崖《がけ》っぷちなの。そんな状態で幸せな人を見るのは、耐えられなかった。だから、大庭ちゃんが言ってた、元々恨みを持ってやってきたってのは、間違い。同じ気持ちのわたしが保証する。神山くんは、ここに来るまでは、あんなことをするつもりなんて、みじんもなかった」

「福永さん」広川が抑えた声で話しかけた。「君はきつかったかもしれないけど、湯村は善意で言ったんだよ。いや、善意じゃなく友情で。成功者だからじゃない。友だちだから、懸命に対策を考えてくれたんじゃないか」

「だからだって言ってるじゃない！」

瑠奈は畳を叩いた。グラスが揺れて、倒れはしなかったけれど、ワインがこぼれた。

「意識してないんじゃないの。成功者だから余裕があるってことに。無意識のうちに上から目線になってるってことに。それが失敗者にとってどれほど屈辱的なことなのか、わかってないんだよ！」

「でも——」

広川は続きを言えなかった。瑠奈の目の前に、ワインのボトルが立っている。瑠奈はボトルの首をつかむと、振り上げようとした。

そこに。

すっと優佳の左手が伸びた。ボトルを持ち上げようとした、瑠奈の右手に重ねられる。それで、瑠奈の動きが止まった。

瑠奈が驚愕の表情で優佳を見る。優佳の表情は穏やかだった。静かに首を振る。

「う、すい、ちゃん……」

瑠奈が言えたのは、そこまでだった。瑠奈は大声を上げて泣きはじめた。優佳が、背中をさすってやる。

珠里が立ち上がった。先ほどのしょげかえった姿は、もうない。教師の顔をしていた。おそらくは、それが政治家の顔になることは、ないのだろう。

「福ちゃん。もう、寝よう」

優佳と二人がかりで、瑠奈を立たせた。珠里が肩を抱く。

「福ちゃんを寝かせてくるよ。ついでに、あたしも寝る。ここの酒代は、明日精算して」

「わかった」

広川が短く答える。珠里はうなずいて、瑠奈を連れて部屋を出て行った。

参加者は十人だった。

まず真鍋先生が殴られて亡くなった。

殴った神山は警察に連行された。

島野は事件の影響で我を失って退出した。

そして今、珠里と瑠奈も部屋を出て行った。

残されたのは五人。幹事の広川。主役の湯村夫妻。優佳。そしてわたしだ。

広川は自分のグラスにワインを自分で注ぎ足して、飲んだ。グラスを手に取ったまま、しばらくの間動かなかった。

「俺の、せいかな」

誰も答えない。

「俺が祝賀会を企画して、みんなを呼んだ。悪気はなかった。さっきも言ったように、成功した湯村を見て、神山が元気になってくれたらとすら考えてた。でも、逆効果だったんだな。あんなことを言われるなんて……」

「広川くんのせいじゃないよ」わたしが代表して否定する。「だって、予備校時代からの約束じゃない。誰かが成功したら、全員でお祝いするって。だから、責任があるとしたら全員の責任」

今度は広川が答えなかった。もう一杯ワインを注いで、一気に飲み干す。

「ありがとう」

湯村は何も言わなかった。顔が引きつって、青白くなっている。先ほど取り戻したはずの自信は、またどこかへ消えてしまったようだ。

考えようによっては、湯村が最大の被害者だ。苦労を重ねて成功して、友だちや恩師が祝ってくれることになった。意気揚々《いきようよう》と出向いてみれば、この有様だ。しかも瑠奈からは理不尽な言葉を投げつけられた。

湯村の性格からすると、この仕打ちに怒りを覚えたりはしていないだろう。自分はここに来るべきではなかったのではないか。そんなふうに考えているのではないか。

わたしの想像が当たっていることを、湯村が証明してくれた。湯村は、ふらふらと立ち上がった。「俺も、寝る」

妻の桜子も腰を浮かせる。同じ部屋で寝るのだから、当たり前のことだ。しかし湯村が止めた。

「ごめん。少しの間、一人にしてくれないか」

桜子は何も言わなかった。黙ってうなずくだけだった。力のない足取りで湯村は部屋を出て行った。

「片付けは、いいよ。寝るのにこのスペースは使わないから、放っておいても問題ない」

広川が言った。お開きだから、自分の部屋に戻れという意味だ。

「ごめんね」

それだけ言って、女性三人で部屋を出る。

「わたしの部屋に来る？」

優佳が桜子に話しかけた。見ると、いつの間にかワインのボトルを右手に提《さ》げている。左手には、ビーフジャーキーの袋。

桜子は呆れた顔をしていたけれど、夫に部屋を追い出されては行くところがない。

「いいよ」と答えた。三人で優佳の部屋に行くことにした。

事実関係を知っている三人が。

第六章　対話

客室は、ツインルームだった。

観光地のホテルだから、シングルルームの需要があまりないのだろうか。そのため、グラスも二セットある。先ほどはわたしの部屋からグラスをふたつ持ち出したから、優佳の部屋のグラスはそのまま残っている。洗面所のグラスと合わせて三つ用意した。

小さい丸テーブルに椅子が二脚ついている。優佳と桜子が椅子に座り、わたしはベッドに腰掛けた。

優佳がスクリューキャップを開けて、三つのグラスにワインを注いだ。

「お疲れ」

軽くグラスを触れ合わせて、女性三人でワインを飲む。

ベッドサイドのデジタル時計を見る。午前一時二十分。日付は変わっているけれど、とんでもない一日だったといっていいだろう。

ワインをひと口飲んで、桜子がグラスをテーブルに置いた。

「十五年ぶりだったけど」桜子が言った。「碓氷ちゃんって、まったく変わってないね」

優佳が薄く微笑んで、先を促《うなが》す。

「穏やかで、優しくて、鋭い。碩徳横浜の特進クラスには、こんな人がいるんだって驚いたのを思い出したよ」

「大庭ちゃんは変わったかな」優佳が返す。「こんなことを言ったら怒るかもしれないけど、大人になった」

「あら」桜子が目を大きくする。「わたしって、そんなに子供だった？」

「夢を見る程度にはね」

優佳が答え、桜子は黙った。

「でも、つき合いはよくなったかな」

優佳の目がわずかに細められた。「わたしの戯《ざ》れ言《ごと》に、きちんとつき合ってくれたんだから」

「戯れ言？」

意味がわからない、というふうに首を傾《かし》げる。優佳はビーフジャーキーの袋を開けて、囓《かじ》った。

「先生は、二人の教え子にアドバイスを与えた。その結果一人は成功して、一人は失敗した。失敗した方は、どう思うんだろうね」

独《ひと》り言のように言う。

「事件の後、わたしはそう説明したよね。どう思うのか、想像できた人がいた。湯村くんと神山くんが、大学進学後にも真鍋先生に相談に行き、アドバイスを受けたことを知っている人間なら、事前にどう思うか、わかるはず。アドバイスを与えた真鍋先生と、アドバイスを受けた湯村くんを除くと、大庭ちゃん、あんたしかいない」

「………」

「誰も、それに気づかなかったみたい。わたしの知るかぎり、気づいたのはわたしと小春だけ」

桜子がこちらを見た。わたしはうなずく。

「広川くんとわたしが真鍋先生の救命活動をやってたとき、みんな先生の心配をしてた。でも大庭ちゃんだけは、先生を見ていなかった。神山くんを非難がましい目で見てた。それで思いついたんだ。大庭ちゃんは神山くんがあんなことをするって、予想してたんじゃないかって」

桜子の顔が強張った。考えもしなかった方面から攻められて、動揺したときの顔だ。

優佳はワインを飲んだ。

「だから、真鍋先生を悼むとき、それとなく大庭ちゃんに伝えた。わたしたち、知ってるよって。そしたら、見事に伝わった」

——それでも、先生を信じたんでしょ。アドバイスどおりにしたから成功したんだって、さっきも言ってたじゃない。

優佳はそう言った。不自然な強調。

「伝わったかどうかはともかく」桜子が答える。「そう言われたのは、憶えてるよ」

つまり、それだけ印象に残っているということだ。暗に認めている。

「まだあったよね。神山くんがキレるには、湯村くんが真鍋先生のアドバイスに従って成功したことを、神山くんが知らなければならない。誰が教えたのか。大庭ちゃんだったよね」

——湯村くんが先生のアドバイスを聞いた話がなければ、こんなことにはならなかったのに。

優佳が発言したとは思えない、くだらない後悔。これも意図的なものだ。神山は湯村のエピソードを聞いてしまったがために凶行に走った。では、誰が話したのか。そうアピールするための嘆《なげ》きだった。

「わたしが言わなくても、旦那か先生が言ったでしょう。祝賀会で最もふさわしいエピソードなんだから」

「大庭ちゃんが言わなくても、誰かが言った」優佳が繰り返す。「そのとおりだね。でも、実際に発言したのは大庭ちゃんだった。心当たりがあったんでしょ。顔が強張ってたから」

桜子は右手を頬に当てた。「昔から、この顔だよ」

桜子のコメントを聞き流して、優佳が続ける。

「それだけじゃないよね。大庭ちゃんは、神山くんの目の前にワインボトルが置かれるようにした。神山くんのグラスにワインを注ぐことによって、彼がお返ししてくれることを期待して」

——カッとなったタイミングで、たまたま目の前にワインボトルがあったのも不運だった。

優佳はそう指摘した。本当は、不運でも何でもないのに。それを知っている桜子が聞いたからこそ、彼女は反応してしまった。

「それは、さすがに無理がない？」桜子が反論する。機械のような、感情のこもらない声で。「神山くんがワインボトルをどうするかなんて、確証持てないでしょ」

「うん。確証は持てないね」優佳は嬉しそうに答える。「でも、予想はできる。大庭ちゃんは、期待しただけ。もしボトルが神山くんの目の前に置かれたら、次の段階に入る。そうでなければ、次の機会を窺う。それだけのこと」

結果的に、ワインボトルは神山の目の前に置かれた。取ってすぐに殴りやすい位置に。桜子はそれを確認してから、アドバイスのエピソードを口にしたのだ。

「大庭ちゃんは、神山くんに何を言えばどんなふうに思うかを想像して、ボトルを神山くんの目の前に置いて、神山くんが絶望する話を聞かせた。そこまでは絵が見えた。実際のところはどうなんだろうと思って、ちょっとずつ情報を小出しにしていったら、大庭ちゃんってば、全部素直に反応するんだもん。おかしくって」

そう言って優佳は実際に笑ってみせた。桜子の顔が不快感に歪む。優佳の言うとおりだ。桜子は素直に反応する。

優佳は表情を戻した。

「大庭ちゃんは反応しただけじゃない。きっちり反論もしてくれた。神山くんはここに来る以前から、先生に恨みを抱いていたと言ってたね。事件が起きる直前までの神山くんの様子を見ていたら、とても信じられない仮説だけど、事件が起きた後だったから、みんな信じた。しかも大庭ちゃんは怪しまれないよう、他人に気取《けど》られないよう隠していたはずと説明した。見事だったよ。事件が神山くんの計画的犯行ということになれば、自分の関与は消せる」

「そうはいってもねえ」桜子は納得いかない、と言いたげに反論した。「神山くんは警察に捕まったんだよ。事情聴取の過程で、殺意があったかどうかはわかるでしょ。先回りして言うと、凶器を事前に準備していたか、レストランに持っていったかについても、すぐにわかることじゃない。どうして、あの場でごまかさなきゃいけないの？　意味ないじゃない」

意味がないから、自分はそんなことをやっていない。それが桜子の主張だ。しかし優佳は動揺のかけらも見せない。

「後でわかっても、それこそ意味がないから」

「っていうと？」

「大庭ちゃんが気にしていたのは、あの場だけ。どんな適当な作り話でも、あの場さえ切り抜けられれば、それでよかった。そうじゃない？」

桜子は、また黙った。優佳は気にせず話を進める。

「とにかく、怨恨《えんこん》説は簡単には排除できない。凶器説もね。こんなふうに、後になったら確実にわかるけど、その場では検証しようのない話題を持ち出してごまかそうとした。見事だったよ。結局わたしは、恨みも凶器も否定せずに、でも犯行が発作的なものだったと言わざるを得なかった。そこからも、すごかったよね」

「何が?」

「島野くん」

桜子の肩が震える。優佳は見て見ぬふりをした。

「島野くんを上手に焚きつけて、神山くん一人が悪いと主張してもらった。事件をすべて神山くん一人に集約することによって、神山くん以外の人間が登場する余地をなくそうとした。これだって、島野くんに余計なことを吹き込んだわけじゃない。ただ、自分たちに責任があると言えばよかった。事件における島野くんの立場はわかっているから、それだけで島野くんが勝手に護ってくれる」

「…………」

「世良ちゃんもそう。世良ちゃんは何も成《な》し遂《と》げていない。それなのに、もう成功したかのように煽った。真鍋先生のアドバイスで成功した人間が増えれば、事件の本質がボケるから」

「世良ちゃんは、準備を整えてたじゃない。今は待機しているだけだって。夢は継続中だって言ってたでしょ」

「そう。待機してた」優佳は肯定しながら否定していた。「神山くんも福ちゃんも小春も夢の実現に向かって努力している間に、待機。普通なら成功とはいわない。それなのに湯村くんと状況が同じだから縁起がいいとまで言って、成功を信じさせた。見事だね。あの冷静な世良ちゃんに信じさせたんだから。やっぱりすごいよ、あんた」

褒めているはずなのに、褒めているようには、まったく聞こえない。でも優佳にイヤミを言っている気はない。彼女は本気で感心しただけだ。

「とまあ、こんなふうに、いちいち相手をしてくれたわけだ、大庭ちゃんは。嬉しかったよ」

桜子は嫌な顔をする。「別にあんたに喜んでもらうためにやったんじゃない」

「そうだと思う」優佳の表情が真剣なものになった。「そこで訊きたいんだ」

優佳は桜子の目を見て、一言ずつ、はっきりと言った。

「どうして、無視しなかったの？」

桜子が短く息を呑んだ。頭の位置を後方に下げて、優佳と距離を取ろうとする。桜子が下がった分、優佳が顔を前に出した。

「大庭ちゃんのやったことは、何の証拠もない。仮にわたしがみんなに説明したところで、証拠がない以上、どうしても説得力に欠ける。だから大庭ちゃんは、わたしなんて放っておけばよかった。雑談に乗せたわたしのメッセージなんて無視して、みんなと喋っていればよかった。それなのにあんたときたら、いちいち反応して、対抗して、友だちを利用した。どうしてなの？」

桜子は答えない。ただ、優佳の目を見返していた。

沈黙に耐えられなくなって、わたしが口を開いた。「どうしてなの？」

優佳が答えを持っていると期待しての質問だ。優佳は桜子を見たまま答えた。

「大庭ちゃんは、なぜわたしを無視せず、ごまかそうとしたのか。表面的には、わたしから他のみんなに話されたくなかったから。でもさっきも言ったように、証拠がないからしらばっくれられる。それでもそうしたくなかった。なぜなら、事件には、まだ続きがあったから」

きりっという小さな音が、ツインルームに響いた。桜子が唇を噛んだ音だ。

「小春。大庭ちゃんは神山くんが行動を起こすための環境を整えた。それは間違いないと思う。でも、なぜ真鍋先生を襲わせたかがわからない。そうだよね」

わたしは首肯する。

「そうだね。真鍋先生は、わたしたちみんなの恩人だし、湯村くんにとってはさらに特別な恩人といっていい。大庭ちゃんはその湯村くんと結婚してるんだから、同じ恩義を感じているはず。恨みなんて、持ちようがない」

優佳はひとつうなずくと、桜子に視線を戻した。

「大庭ちゃん。あんたに、真鍋先生を害する動機はなかった。それで、合ってる？」

桜子がようやく返事をした。「うん。合ってるよ」

「そうだと思った」優佳は、ここで表情を変えた。悲しそうな顔になったのだ。

「大庭ちゃんは神山くんが攻撃する環境を整えた。でも真鍋先生に危害を加える意思はなかった。変だよね。事実と合わない。だから、発想を変えてみたんだ。神山くんに攻撃させたい相手は、別にいたんじゃないかって」

わたしは生唾《なまつば》を飲み込んだ。「……誰なの？」

優佳はわたしの方を向いた。

「夕食の席順。大庭ちゃんは、真鍋先生を神山くんの隣に座らせた。これも整えるべき環境のひとつだと思ってた。でも、忘れていたことがある。真鍋先生は、神山くんの左隣に座っていた。神山くんは右利き。ボトルを右手に持って殴るのなら、どっちに座ってる人の方が殴りやすいの？」

「右側、だね」

「そう。実際は神山くんは発作的に真鍋先生に殺意を抱いた。そして右手で左側に座る先生に攻撃を加えるために、バックハンドで殴った。それは、大庭ちゃんにとって想定外のことだった。本来神山くんが殴るべき人間を、ちゃんと殴りやすい右側に配置してたのに」

わたしはそっと答えを言った。舌先に載せたカミソリを、押し出すように。

「湯村くん……」

桜子が目を閉じた。祈るように。

優佳も悲しげに目を伏せる。

「そう。大庭ちゃんが想定した被害者は、湯村くんだった。同じように真鍋先生からアドバイスを受けた二人。一人は成功して、一人は失敗した。当然、成功者に嫉妬して攻撃を加えると思っていた。まさか、アドバイスを与えた本人に逆恨《さかうら》みを抱くとは、考えていなかった。ひょっとしたら、神山くんをキレさせる決定的なセリフは、湯村くん自身に言わせた方がよかったのかもしれない。でもこんなことになるなんて予想もしていなかった大庭ちゃんは、自分で話してしまった」

桜子は目を閉じたままだった。優佳はかまわず続ける。

「でも、事実は変えられない。大庭ちゃんにできたのは、なんてことをしてくれたんだと神山くんを睨みつけることくらい。病院で真鍋先生の死亡が確認されて、わたしたちは警察の事情聴取を受けた。すべて終わって残された面々には、まだ生きている湯村くんも入っていた」

優佳は顔を上げてわたしを見た。

「大庭ちゃんがわたしを無視しなかった理由は、簡単だった。まだ目的を達成していないから。まだ終わっていないから。それまでは、わたしが勝手なことを喋って自分の邪魔をされるのを防ぎたかった。だから私の口を閉じさせようと、色々な反論を試みた」

全部失敗したけどね。これはわたしが勝手に追加した科白だ。優佳は、薄っぺらい自尊心を表に出す女性ではない。

「でもね」優佳はわたしに向かって話しかけた。「大庭ちゃんが湯村くんに死んでほしかったかといえば、それは違うと思う。小春は言ったよね。死亡させることを目的とするのなら、ワインボトルで頭を殴るというのは確実性が低すぎるって」

「うん。言ったよ」

「そういうことだよ。大庭ちゃんは、神山くんに湯村くんを殴ってほしかった。でも死亡させる必要はない。死ぬかもしれないけど、そのときは仕方がない。そんな感じ」

「ずいぶんと、ひどい女ね」

ようやく桜子が口を開いた。「自分の亭主をそんな目に遭《あ》わせるなんて」

まるで他人事のような科白だった。優佳が唇の端を、わずかに吊り上げた。

「まあね。その理由は、本人の口から聞くしかないけど」

「その必要はないでしょ」桜子は素っ気なく言った。「理由は、福ちゃんが説明したじゃない」

瑠奈が説明したこと。優佳が再現する。

「成功者と失敗者は、一緒にいちゃいけなかった……」

「そう」桜子は頭を振った。

「失敗者って、誰のこと？　神山くん？　福ちゃん？　違うよ。失敗者ってのは、わたしのこと。島野くんは、自分のことを脱落者第一号って言ってたけど、違う。島野くんは、ご家庭の都合で仕方なく夢をあきらめた。自分の責任じゃなかった。自分自身の意思で夢を捨てたのは、わたしが最初。わたしこそが、第一号なんだよ」

「で、でも」わたしは口を挟んだ。「大庭ちゃんは、湯村くんのために――」

「違う」

桜子は頭を振り続けている。

「旦那のためじゃないよ。そりゃ、お義父《とう》さんとお義母《かあ》さんには言われたよ。早く子供を作ってねって。でも、それが理由じゃない。あの頃、本当にしんどかったんだ。

夢を追いかけるために仕事をするのが。わたしは逃げたの。旦那を理由にして。自分の責任じゃないと思い込もうとして。夢を捨てるのは仕方がないことなんだと。わかってるくせに。自分から逃げたって、わかってるくせに」

桜子が湯村と結婚した時期、毎日深夜残業で大変だったという話は、聞いていた。だから身体を壊す前に方針転換してよかったねと、無邪気に思っていた。もちろん、夢を捨てるのはたやすい選択ではないと思っていた。けれど、本人にとっては、それほど重い選択だったのか。

「成功者と失敗者は、一緒にいてはいけない。階層ができてるから。福ちゃんはうまいことを言ったよね。そのとおりだよ。平民であることを選んだわたしは、貴族の旦那と一緒に暮らしてたんだ。それでもいいと思った。旦那を愛しているのは間違いないんだし、旦那が成功して喜ぶ姿を見るのが好きだったのも、本音なんだから。でも、嫌になる瞬間はある。そんなとき、祝賀会の話が舞い込んできたんだ」

桜子は、そこまでしか言わなかった。優佳も先を急《せ》かさなかった。ただ、黙って桜子のグラスにワインを注いだ。わたしのグラスにも、自分のグラスにも注ぎ足す。

しばらくの間、黙ってワインを飲んだ。ボトルが空になり、グラスの底に溜まる程度にまで減ってから、優佳が口を開いた。

「大庭ちゃんは、まだ終わってないと考えていた。湯村くんはまだピンピンしてる。どうする？」

「どうもこうも」

桜子はグラスのワインを飲み干した。グラスを口から離した桜子は、今までと違っていた。吹っ切れたような顔をしていた。

「帰るよ。別々の車で来たから別々の車だけど、家は一緒なんだから」

「帰ってからは？」

「今までどおり、一緒に暮らすよ。のろけで申し訳ないけど、わたしはあの人を愛してるんだ」

優佳は満足したようにため息をついた。「わかった」

桜子が立ち上がった。

「じゃあ、部屋に戻るよ。旦那も、そろそろ落ち着いてるだろうから」

「うん。じゃあ、おやすみ」

「おやすみ」

桜子が、部屋を出て行った。

部屋には、わたしと優佳が残された。

「ねえ」わたしは低い声で言った。

優佳が何食わぬ顔で答える。「何？」

「最悪を避ける努力をしてくれって言ったじゃない」

「したでしょ」優佳はぬけぬけと言う。「大庭ちゃんは、自分の中で整理がついたみたいだから、もう湯村くんを殴ったりしないと思う」

「そうじゃなくて」わたしは声を荒らげた。「他のみんなだよ。あんたと大庭ちゃんとのやりとりのおかげで、死屍累々《ししるいるい》じゃない。島野くんは壊れちゃったし、世良ちゃんは実質夢を絶たれて絶望した。広川くんはこんな祝賀会になってしまったことに、相当ショックを受けてた。挙げ句の果てには福ちゃんだよ。あれじゃ、あの子は二度と湯村くんとは会えない。トーエンは完全に崩壊した。もうちょっと、ソフトなやり方はなかったの？」

だからあんたは碓氷優佳なんだ——わたしはそう続けた。

正当な非難のはずだった。それなのに優佳が不満そうに頬を膨らませた。

「ちょっと待って。最後の福ちゃんは、わたしでも大庭ちゃんでもないよ。大庭ちゃんも同じことをやろうとしてたと思うけど、仕掛けたのは小春じゃない」

「えっ……」

いきなり指摘されて、返答に詰まる。優佳が鼻から息を吐いた。

「小春は、わかってたんでしょ？　大庭ちゃんの本当の狙いは、湯村くんなんだって。あのまま時間切れして解散したら、大庭ちゃんは湯村くんに対する歪んだ思いを抱えたまま、同じ家に帰ることになる。それを防ぎたかった。そのためには、どうすればいいか。事件が続いてるうちに、誰かが湯村くんに殴りかかる必要があった。ダメージがないようにね」

「………」

わたしは肯定する代わりにため息をついた。

「優佳と同じだよ。どうして大庭ちゃんが、あれだけしつこく優佳に食い下がったのか。優佳が喋ったとしても、逮捕される心配なんて皆無なのに。だったら、理由は大庭ちゃんの側にある。そう考えたとき、大庭ちゃんにとって事件は終わっていないことに気がついた。神山くんはもう逮捕されている。だったら、標的が違ってたんじゃないか。左隣の真鍋先生が標的じゃなければ、右隣の湯村くんが標的ということになる。そこまでは、わかった」

わたしはあらためて優佳の目を見つめた。

「わたしが気づいたと、いつ気づいたの？」

優佳が薄く笑った。

「小春が、大庭ちゃんと同じことをしたとき」

やはりそうか。わたしは瑠奈が湯村に対して鬱屈した感情を抱いていると考えていた。神山の事件も影響していたのだろう。ワインボトルを握りやすい場所に置いて、少し茶々を入れれば、瑠奈は勝手に爆発する。そう期待していた。だから自分のグラスを空けておいて、瑠奈のグラスにワインを注いだ。もちろん、他の人のグラスが空いていないことは確認済みだ。予想どおり瑠奈はわたしからワインボトルを受け取り、わたしのグラスに注いでくれた。そして他に注ぐべきグラスがなかったから、ワインボトルを自分の手元に置いた。

「わたしは、医者だよ」

そう言った。「人が死ぬのは、大嫌いなんだ。もし大庭ちゃんが自宅で湯村くんを殴ってしまったら、それはわたしの手の届かないところの話になる。それは嫌だった。だから福ちゃんにあの場で殴ってもらうことにしたんだ。一度誰かが試みて失敗すれば、気分的に同じことはやりにくくなる。それが狙いだった」

「呆れた」優佳が素の口調で呆れてみせた。「湯村くんが、真鍋先生みたいに死んじゃったら、どうするつもりだったのよ」

「それはないと思った」わたしは即答した。「だって、優佳が隣にいたじゃない。優佳が福ちゃんの行動を予測して止めると思った。優佳を信頼してたんだよ」

優佳はゆるゆると頭を振った。ダメだ、こいつと言いたげに。

わたしは優佳の肩を叩いた。

「まあ、いいじゃない。結果的に、うまくいったんだから」

「もうっ」

優佳が怒ったように笑う。しかし、すぐに表情を戻した。「ねえ。小春」

「何？」

「わたしたちは、湯村くんの祝賀会に参加したよね」

「そうだね」

「祝賀会は、湯村くんのため。じゃあ、いったい誰が祝おうって言いだしたんだろう」

「え……」

当然、と言いかけて言葉に詰まる。

元々は、予備校時代に、誰かが成功したら祝賀会をやろうと決めていた。だから、全員だといえる。

一方、今回に関しては、発起人は広川だ。だから広川だともいえる。

他方、祝賀会は祝われる人間のために行われる。ということは、湯村だともいえるのではないか。

それとも、夢か。夢を叶えたからこそ、わたしたちは祝いに集まった。

わたしが答えられずにいると、優佳は先に答えを言った。

「わたしは、成功じゃないかと思うんだ」

「成功……」

優佳はうなずく。素の表情で。

「夢は、みんな持ってた。それぞれがそれぞれの夢を追いかけていたから、人間関係は良好なままだった。実際、同窓会はけっこうな頻度《ひんど》で開いてたんでしょう？」

「うん」

「その頃は、何も起きなかった。なぜなら、誰も夢を実現していなかったから。でも、一人だけが実現したことによって、バランスが崩れた。福ちゃんも、大庭ちゃんも言ったよね。成功者と失敗者は、一緒にいてはいけないと。それでもわたしたちは祝賀会を開いた。それは、成功したことそのものが開かせたといえないかな」

「…………」

「もちろん、湯村くんの成功を否定するつもりはない。でも、成功していない人は、成功した人の近くに行かない方がいい。近くに行ってしまうと、成功が強要してくる。我を賛美せよと」

優佳はわたしの目を覗きこんだ。

「夢は、叶えない方が幸せなのかもしれないよ。あきらめるんじゃなくて、叶える途中の状態が、一番幸せなのかもしれない。叶えてしまうと、叶えていない人と友だちでいられなくなる」

優佳はわたしから視線を外して、天井を見上げた。

「わたしの夢は、火山の噴火予知。それは高校生の頃から変わってない。でも、研究すればするほど、難しいことがわかってくる。少なくとも、わたしが生きているうちに実現することはないだろうと。でも、別に悔しくないよ。夢を追うっていうより、好きでやってるだけなんだから。好きでやってるだけのわたしが、好きで難病の治療法を研究してる小春と会う。それが最も素晴らしいことなんじゃないかな」

わたしは黙って優佳の独白を聞いていた。なんとなくだけれど、通常の優佳は、人前でこんな話はしないのではないだろうか。高校生時代に苦楽をともにしたわたしだからこそ、あの頃に戻ったような科白を吐いている。

すうっと、あの頃のわだかまりが解けていくような感覚を味わっていた。わたしは、優佳と決別したと思っていた。いや、今でも優佳の本質は、わたしと相容れないと思っている。

それでも、わたしたちは友だちでいられるのだ。十五年の間に変わっている部分も、変わっていない部分もすべて含めて、お互いが許容し合う。それができる。

「優佳の意見にはおおむね賛同するけど」

わたしは言った。優佳が首を傾げる。「けど？」

「けど、わたしはＳＡＳの治療法解明をあきらめたわけじゃないからね。わたしが治療法を見つけ出したときの祝賀会では、覚悟しておいてね」

優佳が噴《ふ》き出した。「わかった」

ベッドサイドのデジタル時計を見る。もう、午前二時を過ぎている。朝食は、午前七時から十時までということだった。ぎりぎりまで寝ていても、午前九時半にはレストランに下りておきたい。起きてシャワーを浴びることを考えると、午前八時には起きなければならない。今からなら六時間も眠れないけれど、普段からそんなものだ。

わたしは立ち上がった。

「じゃあ、寝るよ。九時半にレストランでいい？」

「いいよ。朝ごはんを食べたら、荷物をまとめて一緒に帰ろう。今は旦那はアメリカ出張でいないけど、そのうち、うちにも来てよ」

「………」

わたしは目を見開いた。まさか優佳から、そんな申し出があるとは。

「ぜひ、行かせてもらうよ。優佳の旦那さんがどんな人か、顔を拝《おが》んでおきたい」

「うん」優佳はいったん言葉を切った。そして何か企んでいるような目でわたしを見た。

「昔、わたしに好きな人がいたって話をしたのを、憶えてる？」

忘れるものか。

「憶えてるよ。切れ者って言ってた人」

「わたしが結婚したの、その人なんだ」

「………！」

呼吸ができないほどびっくりした。あの頃のことを思い出す。あの展開で、どうして結婚できる？

わたしは身を乗り出した。「ぜひ、行かせて」

「わかった」

優佳は、少女のように微笑んだ。

解説――この作者ならではのこの探偵

作家　辻《つじ》　真先《まさき》

この作品は、倒叙《とうじょ》ミステリです。

ということは本書を手にした方の多くがご承知と思うのですが、解説者の責務としてひと通り注釈することにいたします。メンド臭い、とうに知ってる、と仰《おつしや》る読者はどうぞご遠慮なくすっ飛ばしてください。だいたいこの解説者は、小説や脚本こそ表芸にしておりますが、論理的に物事を筋道立てて書くのが苦手という、ミステリ作家にあるまじき非論理脳のオーナーなのですから。

まだしも国産ミステリは、戦前戦後を通して多少読んでいましたが、海外となるとからっきしで、元祖倒叙ミステリとして名のあるフリーマンの『歌う白骨』すら未読(恥)、高名な『刑事コロンボ』シリーズもろくに見ておらず(恥恥)、辛《かろ》うじて三谷《みたに》幸喜《こうき》さんの『古畑任三郎《ふるはたにんざぶろう》』ならいくらか見た(恥恥恥)程度の男なので、もしかすると読者のあなたの方が遥かにツウだったりするでしょう（赤ッ恥）。書いていて本当に顔が赤くなってきました。そんなぼくでも大倉崇裕《おおくらたかひろ》さんの『福家警部補《ふくいえ》』シリーズはちゃんと読んでおります。ああよかった（ホッ）。

――とまあ、これだけタイトルを並べれば、どなたもひとつくらいは目に触れていると思うのです。そうです、アレです！

冒頭まず犯人が登場して、鉄壁のアリバイやらなにやらで、解明不可能な犯罪をやってのけます。ところがその後に登場する探偵役が、計画のわずかな綻《ほころ》びに着目して、読者の思いもよらない角度から、犯人の意図を崩壊させるという、その道程の知的なスリルを眼目にしたのが、倒叙ミステリと呼ばれるジャンルであります。

エーここまで前説《まえせつ》は終り。ぼくに似合わぬしかつめらしい蘊蓄《うんちく》（とはとてもいえないが）はヤメにして、なぜぼくにとって石持《いしもち》作品が面白いのか、ごく個人的な感想から再開させてください。

ぼくは石持作品に初期から接していて、長編『水の迷宮』が文庫化されたときには解説を書いております。当然ながら、ぼく好みの謎とその解明が軸になる作品が多いのですが、それだけなら他の推理作家の作品もおなじでしょう。ぼくが石持さんに特有の魅力を覚えたのは、作者の味というか香りが濃厚で、作者の個性を意識下に嗅《か》いだからだと思っております。

ぼくの言語力では説明しかねる独特さですから、読者によっては必ずしもプラスに働かないでしょう。おなじ酒客《しゅかく》でも珍味のホヤに好き嫌いがあるように、です。作者に個性があるのなら、読者に個性があってもふしぎはないのです、定評あるミステリの金字塔『アクロイド殺し』や『Yの悲劇』にソッポを向く人だっています。ちなみにぼくはまだ『黒死館殺人事件』を完読していない怠惰な推理作家です。

解説の範疇《はんちゅう》を本書の周辺に限定して、この独自な個性をしゃべらせてください。倒叙ミステリシリーズ第一作『扉は閉ざされたまま』（２００５年）の動機のあまりなユニークさにたじろいだ読者がおいでなら、それが石持カラーの一端ということです。ただしぼくは、異様とはいえ説得力ある動機の斬新さに、一本取られた思いで頭を下げました。

シリーズで探偵役をつとめる碓氷優佳《うすいゆか》にとって、『扉は…』は初登場という以上に重要な意味を持つ作品となっております。本書によって優佳に関心を抱かれた読者には、ぜひともご一読願いたいと、解説者の看板抜きで申し上げるし、既読の方にもあえて再読をおすすめしておきましょう。

倒叙ミステリの定石《じょうせき》では犯人視点で物語が進むことが多いため、完読した後で今度は探偵側に立って読み直すことで、（あっ、あのとき実は相手は）（こう防いだのに、こう切り返したんだ）――丁々発止《ちょうちょうはっし》の心理のつばぜり合いをあらためて俯瞰《ふかん》できるのが、倒叙ミステリの魅力なのです。

先にぼくは碓氷優佳を、倒叙シリーズの探偵役と紹介しましたが、日本人形のように色白な美女が、高校在学中まだ美少女であったころの連作短編集『わたしたちが少女と呼ばれていた頃』は、倒叙ミステリではありません。ジャンル分けするなら、日常の謎派に属する学園ものといいましょうか。

むろん彼女の、紙背に徹する観察・洞察・推理・想像力のすさまじさは、すでに片鱗《へんりん》どころか全貌《ぜんぼう》をあらわしていますが、連作の最後にいたって親友をもって任ずる上杉《うえすぎ》小春《こはる》は、優佳が内に秘めた性格を悟って慄然《りつぜん》とします。倒叙でなくとも独特な味わいのミステリとして首尾一貫しておりました。

『賛美せよ、と成功は言った』解説の最中だというのに、別な作品にここまで言及するのは越権の気味がありますが、『賛美…』の視点人物が高校時代のクラスメートで旧姓上杉小春――15年ぶりの再会を果たす〝親友〟とあれば、ついつけくわえたくなりました。

ふつう倒叙ミステリは、犯人VS.探偵の単純な構図で成立しているのに、本書では彼女が重要なポジションを与えられています。一口に倒叙ミステリといっても、優佳が探偵役のこのシリーズは一筋縄でゆかないのです。

犯人と探偵の精神的格闘という単純さが倒叙ミステリならではの明快さだと、ぼくは長らく信じていました。とんでもない。それはぼくが単純にできていたからであって、この作者の手にかかると驚くほど新鮮で、あるいは奇矯《ききょう》で、さらには残酷な構図で、読者にのしかかって参ります。『君の望む死に方』の犯人の発想、『彼女が追ってくる』のラストの切れ味。アイデアに満ちた変化球にその都度驚かされたものですが、さて本書のタイトルを一瞥《いちべつ》して、正直なところ驚く以前に疑問符で目潰しを食わされました。

『賛美せよ、と成功は言った』なんじゃこれは。

どう見てもミステリの題ではありません。成功を擬人化しているのか？　よくわかりませんが、連想するとしたらせいぜいビジネス書であって、それが倒叙ミステリの題名とは想像を絶しますが、それもまた石持ミステリらしいテーストでしょうか。

主題を担ったタイトルの意味付けを、最後の章で口にするのが、碓氷優佳でした。

冷徹な計画を見抜くためには、犯人以上に冷たく計算する頭脳の持主で、しかも心根の熱い女性のはずと、平均的読者は信じて読み続け、優佳を巡る人物たちもそう思い込んで、実際に彼女の活躍で、事態は収まるところに収まり秩序は回復されてゆきます。読者にカタルシスを与えながら。それなのに優佳という探偵役は、そもそもそんな絵に描いたような秩序を希求するキャラクターではなかったという、読者を襲う拒絶感。

煌《きら》めく闇の女神・碓氷優佳は、さらに巻末で小春と読者に大きなサプライズを齎《もたら》します。一過性の衝撃ではなく、もっと複雑で根深い驚きは、欠落でも崩壊でもない異《い》形《ぎょう》の感慨でありました、シリーズの愛読者だったぼくにとって。

碓氷優佳という美しく畏怖《いふ》すべき探偵は、前記した石持ミステリの異色さを、鮮やかに具現した存在なのでしょう。

（この作品『賛美せよ、と成功は言った』は、平成二十九年十月、小社から新書判で刊行されたものです）

賛美せよ、と成功は言った

一〇〇字書評

切り取り線

購買動機（新聞、雑誌名を記入するか、あるいは○をつけてください）	
□（　　　　　　　　　　　　　）の広告を見て	
□（　　　　　　　　　　　　　）の書評を見て	
□ 知人のすすめで	□ タイトルに惹かれて
□ カバーが良かったから	□ 内容が面白そうだから
□ 好きな作家だから	□ 好きな分野の本だから

・最近、最も感銘を受けた作品名をお書き下さい

・あなたのお好きな作家名をお書き下さい

・その他、ご要望がありましたらお書き下さい

住所	〒				
氏名		職業		年齢	
Eメール	※携帯には配信できません		新刊情報等のメール配信を 希望する・しない		

この本の感想を、編集部までお寄せいただけたらありがたく存じます。今後の企画の参考にさせていただきます。Eメールでも結構です。

いただいた「一〇〇字書評」は、新聞・雑誌等に紹介させていただくことがあります。その場合はお礼として特製図書カードを差し上げます。

前ページの原稿用紙に書評をお書きの上、切り取り、左記までお送り下さい。宛先の住所は不要です。

なお、ご記入いただいたお名前、ご住所等は、書評紹介の事前了解、謝礼のお届けのためだけに利用し、そのほかの目的のために利用することはありません。

〒一〇一-八七〇一
祥伝社文庫編集長　坂口芳和
電話　〇三（三二六五）二〇八〇

祥伝社ホームページの「ブックレビュー」からも、書き込めます。

www.shodensha.co.jp/bookreview

祥伝社文庫

賛美《さんび》せよ、と成功《せいこう》は言《い》った

令和 2 年 3 月 20 日　初版第 1 刷発行

著　者　石持浅海《いしもちあさみ》

発行者　辻　浩明

発行所　祥伝社《しょうでんしゃ》

東京都千代田区神田神保町 3-3
〒101-8701
電話　03（3265）2081（販売部）
電話　03（3265）2080（編集部）
電話　03（3265）3622（業務部）
www.shodensha.co.jp

印刷所　堀内印刷

製本所　積信堂

カバーフォーマットデザイン　芥　陽子

Printed in Japan ©2020, Asami Ishimochi ISBN978-4-396-34607-2 C0193

祥伝社文庫の好評既刊

祥伝社文庫の好評既刊

伊坂幸太郎　陽気なギャングが地球を回す

史上最強の天才強盗四人組大奮戦！　映画化され話題を呼んだロマンチック・エンターテインメント。

伊坂幸太郎　陽気なギャングの日常と襲撃

華麗な銀行襲撃の裏に、なぜか「社長令嬢誘拐」が連鎖――天才強盗四人組が巻き込まれた四つの奇妙な事件。

伊坂幸太郎　陽気なギャングは三つ数えろ

天才スリ・久遠はハイエナ記者火尻にその正体を気づかれてしまう。天才強盗四人組に最凶最悪のピンチ！

近藤史恵　カナリヤは眠れない

整体師が感じた新妻の底知れぬ暗い影の正体とは？　蔓延する現代病理をミステリアスに描く傑作、誕生！

近藤史恵　茨姫《いばらひめ》はたたかう

ストーカーの影に怯《おび》える梨花子《りかこ》。整体師合田力《ごうだりき》との出会いをきっかけに、初めて自分の意志で立ち上がる！

近藤史恵　Shelter〈シェルター〉

心のシェルターを求めて出逢った恵といずみ。愛し合い傷つけ合う若者の心に染みいる異色のミステリー。